Comentarios y sugerencias:
correo electrónico: editor@fce.com.mx

COLECCIÓN POPULAR

16

EL DIOSERO

FRANCISCO ROJAS GONZALEZ

El Diosero

FONDO DE CULTURA ECONÓMICA

MÉXICO

Primera edición (Letras Mexicanas), 1952
Segunda edición,   1955
Tercera edición,   1960
Cuarta edición (Colección Popular), 1960
   Trigesimonovena reimpresión,   2013

Rojas González, Francisco
   El diosero / Francisco Rojas González. — 4a. ed. — México :
FCE, 1960
           ; 17 × 11 cm — (Colec. Popular ; 16)
   ISBN 978-968-16-0610-7

   1. Cuentos mexicanos 2. Literatura mexicana — Siglo XX I.
Ser. II. t.

LC PQ7297. R713   Dewey M863 R413d

D. R. © 1952, Fondo de Cultura Económica
Carretera Picacho-Ajusco, 227; 14738 México, D. F.
www.fondodeculturaeconomica.com
Empresa certificada ISO 9001:2008

Comentarios: editorial@fondodeculturaeconomica.com
Tel.: (55)5227-4672; fax: (55)5227-4694

ISBN 978-968-16-0610-7

Impreso en México • *Printed in Mexico*

LA TONA

CRISANTA descendía por la vereda que culebreaba entre los peñascos de la loma clavada entre la aldehuela y el río, de aquel río bronco al que tributaban los torrentes que, abriéndose paso entre jarales y yerbajos, se precipitaban arrastrando tras sí costras de roble hurtadas al monte. Tendido en la hondonada, Tapijulapa, el pueblo de indios pastores. Las torrecitas de la capilla, patinadas de fervores y lamosas de años, perforaban la nube aprisionada entre los brazos de la cruz de hierro.

Crisanta, india joven, casi niña, bajaba por el sendero; el aire de la media tarde calosfriaba su cuerpo encorvado al peso de un tercio de leña; la cabeza gacha y sobre la frente un manojo de cabellos empapados de sudor. Sus pies —garras a ratos, pezuñas por momentos— resbalaban sobre las lajas, se hundían en los líquenes o se asentaban como extremidades de plantígrado en las planadas del senderillo... Los muslos de la hembra, negros y macizos, asomaban por entre los harapos de la enagua de algodón, que alzaba por delante hasta arriba de las rodillas, porque el vientre estaba urgido de preñez... la marcha se hacía más penosa a cada paso; la muchacha deteníase por instantes a tomar alientos; mas luego, sin levantar la cara, reanudaba el camino con ímpetus de bestia que embistiera al fantasma del aire.

Pero hubo un momento en que las piernas se negaron al impulso, vacilaron. Crisanta alzó por primera vez la cabeza e hizo vagar sus ojos en la ex-

7

tensión. En el rostro de la mujercita zoque cayó un velo de angustia; sus labios temblaron y las aletas de su nariz latieron, tal si olfatearan. Con pasos inseguros la india buscó las riberas; diríase llevada entonces por un instinto, mejor que impulsada por un pensamiento. El río estaba cerca, a no más de veinte pasos de la vereda. Cuando estuvo en las márgenes, desató el "mecapal" anudado a su frente y con apremios depositó en el suelo el fardo de leña; luego, como lo hacen todas las zoques, todas:

la abuela,
la madre,
la hermana,
la amiga,
la enemiga,

remangó hasta arriba de la cintura su faldita andrajosa, para sentarse en cuclillas, con las piernas abiertas y las manos crispadas sobre las rodillas amoratadas y ásperas. Entonces se esforzó al lancetazo del dolor. Respiró profunda, irregularmente, tal si todas las dolencias hubiéransele anidado en la garganta. Después hizo de sus manos, de aquellas manos duras, agrietadas y rugosas de fatigas, utensilios de consuelo, cuando las pasó por el excesivo vientre ahora convulso y acalambrado. Los ojos escurrían lágrimas que brotaban de las escleróticas congestionadas. Pero todo esfuerzo fue vano. Llevó después sus dedos, únicos instrumentos de alivio, hasta la entrepierna ardorosa, tumefacta y de ahí los separó por inútiles... Luego los encajó en la tierra con fiereza y así los mantuvo, pujando rabia y desesperación... De pronto la sed se hizo otra tortura... y allá fue, arrastrándose como coyota, hasta llegar al río: tendióse sobre la arena, intentó beber, pero la náusea se opuso cuantas veces quiso pasar un trago; entonces mugió su desesperación y rodó en la arena entre convulsiones. Así la halló Simón su marido.

Cuando el mozo llegó hasta su Crisanta, ella lo recibió con palabras duras en lengua zoque; pero Simón se había hecho sordo. Con delicadeza la levantó en brazos para conducirla a su choza, aquel jacal pajizo, incrustado en la falda de la loma. El hombrecito depositó en el petate la carga trémula de dos vidas y fue en busca de Altagracia, la comadrona vieja que moría de hambre en aquel pueblo en donde las mujeres se las arreglaban solas, a orillas del río, sin más ayuda que sus manos, su esfuerzo y sus gemidos.

Altagracia vino al jacal seguida de Simón. La vieja encendió un manojo de ocote que dejó arder sobre una olla, en seguida, con ademanes complicados y posturas misteriosas, se arrodilló sobre la tierra apisonada, rezó un credo al revés, empezando por el "amén" para concluir en el "...padre, Dios en creo"; fórmula, según ella, "linda" para sacar de apuros a la más comprometida. Después siguió practicando algunos tocamientos sobre la barriga deforme.

—No te apures, Simón, luego la arreglamos. Esto pasa siempre con las primerizas... ¡Hum, las veces que me ha tocado batallar con ellas...! —dijo.

—Obre Dios —contestó el muchacho mientras echaba a la fogata una raja resinosa.

—¿Hace mucho que te empezaron los dolores, hija?

Y Crisanta tuvo por respuesta sólo un rezongo.

—Vamos a ver, muchacha —siguió Altagracia—: dobla tus piernas... Así, flojas. Resuella hondo,

9

puja, puja fuerte cada vez que te venga el dolor... Más fuerte, más... ¡Grita, hija...!

Crisanta hizo cuanto se le dijo y más; sus piernas fueron hilachos, rugió hasta enronquecer y sangró sus puños a mordidas.

—Vamos, ayúdame muchachita —suplicó la vieja en los momentos en que pasaba rudamente sus manos sobre la barriga relajada, pero terca en conservar la carga...

Y los dedazos de uñas corvas y negras echaban toda su habilidad, toda su experiencia, todas sus mañas en los frotamientos que empezaban en las mamas rotundas, para acabar en la pelvis abultada y lampiña.

Simón, entre tanto, habíase acurrucado en un rincón de la choza; entre sus piernas un trozo de madera destinado a ser cabo de azadón. El chirrido de la lima que aguzaba un extremo del mango distraía el enervamiento, robaba un poco la ansiedad del muchacho.

—Anda, madrecita, grita por vida tuya... Puja, encorajínate... Díme chiches de perra; pero date prisa... Pare, haragana. Pare hembra o macho, pero pronto... ¡Cristo de Esquipulas!

La joven no hacía esfuerzo ya; el dolor se había apuntado un triunfo.

Simón trataba ahora de insertar a golpes el mango dentro del arillo del azadón; de su boca entreabierta salían sonidos roncos.

Altagracia sudorosa y desgreñada, con las manos tiesas abiertas en abanico, se volvió hacia el muchacho quien había logrado, por fin, introducir el astil en la argolla de la azada; el trabajo había alejado un poco a su pensamiento del sitio en que se escenificaba el drama.

10

—Todo es de balde, Simón, viene de nalgas —dijo la vieja a gritos, mientras se limpiaba la frente con el dorso de su diestra.

Y Simón, como si volviese del sueño, como si hubiese sido sustraído por las destempladas palabras de una región luminosa y apacible:

—¿De nalgas? Bueno... ¿y'hora qué?

La vieja no contestó; su vista vagaba por el techo del jacal.

—De ahí —dijo de pronto—, de ahí, de la viga madre cuelga la coyunda para hacer con ella el columpio... Pero pronto, muévete —ordenó Altagracia.

—No, eso no —gimió él.

—Anda, vamos a hacer la última lucha... Cuelga la coyunda y ayúdame a amarrar a la muchacha por los sobacos.

Simón trepó sin chistar por los amarres de los muros pajizos e hizo pasar la cinta de jarcia sobre el morillo horizontal que sostenía la techumbre.

—Jala fuerte... fuerte, con ganas. ¡Hum, no pareces hombre...! Jala, demonio.

A poco Crisanta era un títere que pateaba y se retorcía pendiente de la coyunda.

Altagracia empujó al cuerpo de la muchacha... Ahora más que pelele, era una péndola de tragedia, un pezón de delirio...

Pero Crisanta ya no hacía nada por ella, había caído en un desmayo convulsivo.

—Corre, Simón —dijo Altagracia con acento alarmado—, ve a la tienda y compra un peso de chile seco; hay que ponerlo en las brasas para que el humo la haga toser. Ella ya no puede, se está pasando... Mientras tú vas y vienes, yo sigo mi lucha con la ayuda de Dios y de María Santísima... Le

11

voy a trincar la cintura con mi rebozo, a ver si así sale... ¡Corre por vida tuya!

Simón ya no escuchó las últimas palabras de la vieja; había salido en carrera para cumplir el encargo.

En el camino tropezó con Trinidad Pérez, su amigo el peón de la carretera inconclusa que pasaba a corta distancia de Tapijulapa.

—Aguárdate, hombre, saluda siquiera —gritó Trinidad Pérez.

—Aquélla está pariendo desde antes de que el sol se metiera y es hora que todavía no puede —informó el otro sin detenerse.

Trinidad Pérez se emparejó con Simón, los dos corrían.

—Le está ayudando doña Altagracia... Por luchas no ha quedado.

—¿Quieres un consejo, Simón?

—Viene...

—Vete al campamento de los ingenieros de la carretera. Allí está un doctor que es muy buena gente, llámalo.

—¿Y con qué le pago?

—Si le dices lo pobres que somos, él entenderá... Anda, déjate de Altagracia.

Simón ya no reflexionó más y en lugar de torcer hacia la tienda, tomó por el atajo que más pronto lo llevaría al campamento. La luna, muy alta, decía que la media noche estaba cercana.

Frente al médico, un viejo amable y bromista, Simón el indio zoque no tuvo necesidad de hablar mucho y, por ello, tampoco poner en evidencia su mal español.

—¿Por qué se les ocurrirá a las mujeres hacer sus gracias precisamente a estas horas? —se pregun-

12

tó el doctor a sí mismo, mientras un bostezo ahogaba sus últimas palabras... Mas luego de desperezarse, añadió de buen talante—: ¿Por qué se nos ocurre a algunos hombres ser médicos? Iré, muchacho, iré luego, no faltaba más... ¿Está bueno el camino hasta tu pueblo?

—Bueno, parejito, como la palma de la mano...

El médico guardó en su maletín algunos instrumentos niquelados, una jeringa hipodérmica y un gran paquete de algodón; se caló su viejo "panamá", echó "a pico de botella" un buen trago de mezcal, aseguró sus ligas de ciclista sobre las "valencianas" del pantalón de dril y montó en su bicicleta, mientras escuchaba a Simón que decía:

—Entrando por la zurda, es la casita más repegada a la loma.

Cuando Simón llegó a su choza, lo recibió un vagido largo y agudo, que se confundió entre el cacareo de las gallinas y los gruñidos de "Mit-Chueg", el perro amarillo y fiel.

Simón sacó de la copa de su sombrero un gran pañuelo de yerbas; con él se enjugó el sudor que le corría por las sienes; luego respiró profundo, mientras empujaba tímidamente la puertecilla de la choza.

Crisanta, cubierta con un sarape desteñido, yacía sosegada. Altagracia retiraba ahora de la lumbre una gran tinaja con agua caliente, y el médico, con la camisa remangada, desmontaba la aguja de la jeringa hipodérmica.

—Hicimos un machito —dijo con voz débil y en la aglutinante lengua zoque Crisanta cuando miró a su marido. Entonces la boca de ella se iluminó con el brillo de dos hileras de dientes como granitos de elote.

13

—¿Macho? —preguntó Simón orgulloso—. Ya lo decía yo...

Tras de pescar el mentón de Crisanta entre sus dedos toscos e inhábiles para la caricia, fue a mirar a su hijo, a quien se disponían a bañar el doctor y Altagracia. El nuevo padre, rudo como un peñasco, vio por unos instantes aquel trozo de canela que se debatía y chillaba.

—Es bonito —dijo—: se parece a aquélla en lo trompudo —y señaló con la barbilla a Crisanta. Luego, con un dedo tieso y torpe, ensayó una caricia en el carrillo del recién nacido.

—Gracias, doctorcito... Me ha hecho usté el hombre más contento de Tapijulapa.

Y sin agregar más, el indio fue hasta el fogón de tres piedras que se alzaba en medio del jacal. Ahí se había amontonado gran cantidad de ceniza. En un bolso y a puñados, recogió Simón los residuos.

El médico lo seguía con la vista, intrigado. El muchacho, sin dar importancia a la curiosidad que despertaba, echóse sobre los hombros el costalillo y así salió del jacal.

—¿Qué hace ése? —inquirió el doctor.

Entonces Altagracia habló dificultosamente en español:

—Regará Simón la ceniza alrededor de la casa... Cuando amanezca saldrá de nuevo. El animal que haya dejado pintadas sus huellas en la ceniza será la *tona* del niño. Él llevará el nombre del pájaro o la bestia que primero haya venido a saludarlo; coyote o tejón, chuparrosa, liebre o mirlo, asegún...

—¿*Tona* has dicho?

—Sí, *tona*, ella lo cuidará y será su amiga siempre, hasta que muera.

14

—Ahá —dijo el médico sonriente—, se trata de buscar al muchacho un espíritu tutelar...

—Sí, aseguró la vieja —ése es el costumbre de po'acá...

—Bien, bien, mientras tanto, bañémoslo, para que el que ha de ser su *tona* lo encuentre limpiecito y buen mozo.

Cuando regresó Simón con el bolso vacío de cenizas, halló a su hijo arropadito y fresco, pegado al hombro de la madre. Crisanta dormía dulce y profundamente... El médico se disponía a marcharse.

—Bueno, Simón —dijo el doctor—, estás servido.

—Yo quisiera darle a su mercé mas que juera un puñito de sal...

—Deja, hombre, todo está bien... Ya te traeré unas medicinas para que el niño crezca saludable y bonito...

—Señor doctor —agregó Simón con acento agradecido—, hágame su mercé otra gracia, si es tan bueno.

—Díme, hombre.

—Yo quisiera que su persona juera mi compadre... Lleve usté a cristianar a la criaturita. ¿Quere?

—Sí, con mucho gusto, Simón, tú me dirás.

—El miércoles, por favor, es el día en que viene el padre cura.

—El miércoles vendré... Buenas noches, Simón... Adiós, Altagracia, cuida a la muchacha y al niño...

Simón acompañó al médico hasta la puerta del jacal. Desde ahí lo siguió con la vista. La bicicleta tomó los altibajos del camino gallardamente; su ojo ciclópeo se abría paso entre las sombras. Un conejo encandilado cruzó la vereda.

Puntual estuvo el médico el miércoles por la mañana.

La esquila llamó a misa, los zoques vestidos de limpio aguardaban en el atrio. La chirimía tocaba aires alegres. Tronaban los cohetes. Todos los ahí reunidos, hombres y mujeres, esperaban ansiosos la llegada de Simón y su comitiva bautismal.

Por allá, hacia la loma, se miró al grupo que se dirigía a la iglesia. Crisanta, fresca y rozagante, cargaba a su hijo seguida de Altagracia, la madrina. Atrás de ellas, Simón y el médico charlaban amigablemente...

—¿Y qué nombre le vas a poner a mi ahijado, compadre Simón?

—Pos verá usté, compadrito doctor... Damián, porque así dice el calendario de la iglesia... Y Becicleta, porque ésa es su *tona*, así me lo dijo la ceniza...

—Conque ¿Damián Bicicleta? Es un bonito nombre, compadre...

—*Axcale*— afirmó muy categóricamente el zoque.

LOS NOVIOS

ÉL ERA de Bachajón, venía de una familia de alfareros; sus manos desde niñas habían aprendido a redondear la forma, a manejar el barro con tal delicadeza, que cuando moldeaba, más parecía que hiciera caricias. Era hijo único, mas cierta inquietud nacida del alma lo iba separando día a día de sus padres, llevado por un dulce vértigo... Hacía tiempo que el murmullo del riachuelo lo extasiaba y su corazón tenía palpitaciones desusadas; también el aroma a miel de abejas de la flor de pascua había dado por embelesarlo y los suspiros acurrucados en su pecho brotaban en silencio, a ocultas, como aflora el desasosiego cuando se ha cometido una falta grave... A veces se posaba en sus labios una tonadita tristona, que él tarareaba quedo, tal si saboreara egoístamente un manjar acre, pero gratísimo. "Ese pájaro quiere tuna" —comentó su padre cierto día, cuando sorprendió el canturreo.

El muchacho lleno de vergüenza no volvió a cantar; pero el padre —Juan Lucas, indio tzeltal de Bachajón— se había adueñado del secreto de su hijo.

Ella también era de Bachajón; pequeña, redondita y suave. Día con día, cuando iba por el agua al riachuelo, pasaba frente al portalillo de Juan Lucas... Ahí un joven sentado ante una vasija de barro crudo, un cántaro redondo y botijón, al que nunca daban fin aquellas manos diestras e incansables...

17

Sabe Dios cómo, una mañanita chocaron dos miradas. No hubo ni chispa, ni llama, ni incendio después de aquel tope, que apenas si pudo hacer palpitar las alas del petirrojo anidado entre las ramas del granjeno que crecía en el solar.

Sin embargo, desde entonces, ella acortaba sus pasos frente a la casa del alfarero y de ganchete arriesgaba una mirada de urgidas timideces.

Él, por su parte, suspendía un momento su labor, alzaba los ojos y abrazaba con ellos la silueta que se iba en pos del sendero, hasta perderse en el follaje que bordea el río.

Fue una tarde refulgente, cuando el padre —Juan Lucas, indio tzeltal de Bachajón— hizo a un lado el torno en que moldeaba una pieza... Siguió con la suya la mirada de su muchacho, hasta llegar al sitio en que éste la había clavado... Ella, el fin, el designio, al sentir sobre sí los ojos penetrantes del viejo, quedó petrificada en medio de la vereda. La cabeza cayó sobre el pecho, ocultando el rubor que ardía en sus mejillas.

—¿Ésa es? —preguntó en seco el anciano a su hijo.

—Sí —respondió el muchacho, y escondió su desconcierto en la reanudación de la tarea.

El "Prencipal", un indio viejo, venerable de años e imponente de prestigios, escuchó solícito la demanda de Juan Lucas:

—El hombre joven, como el viejo, necesitan la compañera, que para el uno es flor perfumada y, para el otro, bordón... Mi hijo ya ha puesto sus ojos en una.

—Cumplamos la ley de Dios y démosle goce al

muchacho como tú y yo, Juan Lucas, lo tuvimos un día... ¡Tú dirás lo que se hace!

—Quiero que pidas a la niña para mi hijo.

—Ese es mi deber como "Prencipal"... Vamos, ya te sigo, Juan Lucas.

Frente a la casa de la elegida, Juan Lucas, cargado con una libra de chocolate, varios manojos de cigarrillos de hoja, un tercio de leña y otro de "ocote", aguarda, en compañía del "Prencipal" de Bachajón, que los moradores del jacal ocurran a la llamada que han hecho sobre la puerta.

A poco, la etiqueta indígena todo lo satura:

—Ave María Purísima del Refugio —dice una voz que sale por entre las rendijas del jacal.

—Sin pecado original concebida —responde el "Prencipal".

La puertecilla se abre. Gruñe un perro. Una nube de humo atosigante recibe a los recién llegados que pasan al interior; llevan sus sombreros en la mano y caravanean a diestro y siniestro.

Al fondo de la choza, la niña motivo del ceremonial acontecimiento echa tortillas. Su cara, enrojecida por el calor del fuego, disimula su turbación a medias, porque está inquieta como tórtola recién enjaulada; pero acaba por tranquilizarse frente al destino que de tan buena voluntad le están aparejando los viejos.

Cerca de la puerta el padre de ella, Mateo Bautista, mira impenetrable a los recién llegados. Bibiana Petra, su mujer, gorda y saludable, no esconde el gozo y señala a los visitantes dos piedras para que se sienten.

—¿Sabes a lo que venimos? —pregunta por fórmula el "Prencipal".

19

—No —contesta mintiendo descaradamente Mateo Bautista—. Pero de todas maneras mi pobre casa se mira alegre con la visita de ustedes.

—Pues bien, Mateo Bautista, aquí nuestro vecino y prójimo Juan Lucas pide a tu niña para que le caliente el tapexco a su hijo.

—No es mala la respuesta... pero yo quiero que mi buen prójimo Juan Lucas no se arrepienta algún día: mi muchachita es haragana, es terca y es tonta de su cabeza... Prietilla y chata, pues, no le debe nada a la hermosura... No sé, la verdad, qué le han visto...

—Yo tampoco —tercia Juan Lucas— he tenido inteligencia para hacer a mi hijo digno de suerte buena... Es necio al querer cortar para él una florecita tan fresca y olorosa. Pero la verdad es que al pobre se le ha calentado la mollera y mi deber de padre es, pues...

En un rincón de la casucha Bibiana Petra sonríe ante el buen cariz que toman las cosas: habrá boda, así se lo indica con toda claridad la vehemencia de los padres para desprestigiar a sus mutuos retoños.

—Es que la decencia no deja a ustedes ver nada bueno en sus hijos... La juventud es noble cuando se le ha guiado con prudencia —dice el "Prencipal", recitando algo que ha repetido muchas veces en actos semejantes.

La niña, echada sobre el metate, escucha; ella es la ficha gorda que se juega en aquel torneo de palabras y, sin embargo, no tiene derecho ni siquiera a mirar frente a frente a ninguno de los que en él intervienen.

—Mira, vecino y buen prójimo —agrega Juan Lucas—, acepta estos presentes que en prueba de buena fe yo te oferto.

Y Mateo Bautista, con gran dignidad, remuele las frases de rigor en casos tan particulares.

—No es de buena crianza, prójimo, recibir regalos en casa cuando por primera vez nos son ofrecidos, tú lo sabes... Vayan con Dios.

Los visitantes se ponen en pie. El dueño de la casa ha besado la mano del "Prencipal" y abrazado tiernamente a su vecino Juan Lucas. Los dos últimos salen cargados con los presentes que la exigente etiqueta tzeltal impidió aceptar al buen Mateo Bautista.

La vieja Bibiana Petra está rebosante de gusto: el primer acto ha salido a maravillas.

La muchacha levanta con el dorso de su mano el mechón de pelo que ha caído sobre su frente y se da prisa para acabar de tortear el almud de masa que se amontona a un lado del comal.

Mateo Bautista, silencioso, se ha sentado en cuclillas a la puerta de su choza.

—Bibiana —ordena—, traeme un trago de guaro.

La rojiza mujer obedece y pone en manos de su marido un jarro de aguardiente. Él empieza a beber despacio, saboreando los sorbos.

A la semana siguiente la entrevista se repite. En aquella ocasión, visitantes y visitado deben beber mucho guaro y así lo hacen... Mas la petición reiterada no se acepta y vuélvense a rechazar los presentes, enriquecidos ahora con jabones de olor, marquetas de panela y un saco de sal. Los hombres hablan poco esta vez; es que las palabras pierden su elocuencia frente al protocolo indoblegable.

La niña ha dejado de ir por agua al río —así lo establece el ritual consuetudinario—, pero el muchacho no descansa sus manos sabias en palpitaciones sobre la redondez sugerente de las vasijas.

21

Durante la tercera visita, Mateo Bautista ha de sucumbir con elegancia... Y así sucede: entonces acepta los regalos con un gesto displicente, a pesar de que ellos han aumentado con un "enredo" de lana, un "huipil" bordado con flores y mariposas de seda, aretes, gargantilla de alambre y una argolla nupcial, presentes todos del novio a la novia.

Se habla de fechas y de padrinos. Todo lo arreglan los viejos con el mejor tacto.

La niña sigue martajando maíz en el metate, su cara encendida ante el impío rescoldo está inmutable; escucha en silencio los planes, sin darse por ello descanso: muele y tortea, tortea y muele de la mañana a la noche.

El día está cercano. Bibiana Petra y su hija han pasado la noche en vela. A la "molienda de boda" han concurrido las vecinas, que rodean a la prometida, obligada por su condición a moler y tortear la media arroba de maíz y los cientos de tortillas que se consumirán en el comelitón nupcial. En grandes cazuelas hierve el "mole negro". Mateo Bautista ha llegado con dos garrafones de guaro, y la casa, barrida y regada, espera el arribo de la comitiva del novio.

Ya están aquí. Él y ella se miran por primera vez a corta distancia. La muchacha sonríe modosa y pusilánime; él se pone grave y baja la cabeza, mientras rasca el piso con su guarache chirriante de puro nuevo.

El "Prencipal" se ha plantado en medio del jacal. Bibiana Petra riega pétalos de rosa sobre el piso. La chirimía atruena, mientras los invitados invaden el recinto.

Ahora la pareja se ha arrodillado humildemente

a los pies del "Prencipal". La concurrencia los rodea. El "Prencipal" habla de derechos para el hombre y de sumisiones para la mujer... de órdenes de él y de acatamientos por parte de ella. Hace que los novios se tomen de manos y reza con ellos el padrenuestro... La desposada se pone en pie y va hacia su suegro —Juan Lucas, indio tzeltal de Bachajón— y besa sus plantas. Él la alza con comedimiento y dignidad y la entrega a su hijo.

Y, por fin, entra en acción Bibiana Petra... Su papel es corto, pero interesante.

—Es tu mujer —dice con solemnidad al yerno—... cuando quieras, puedes llevarla a tu casa para que te caliente el tapexco.

Entonces el joven responde con la frase consagrada:

—Bueno, madre, tú lo quieres...

La pareja sale lenta y humilde. Ella va tras él como una corderilla.

Bibiana Petra, ya fuera del protocolo, llora enternecida, a la vez que dice:

—Va contenta la muchacha... Muy contenta va mi hija, porque es el día más feliz de su vida. Nuestros hombres nunca sabrán lo sabroso que nos sabe a las mujeres cambiar de metate...

Al torcer el vallado espinudo, él toma entre sus dedos el regordete meñique de ella, mientras escuchan, bobos, el trino de un jilguero.

LAS VACAS DE QUIVIQUINTA

LOS PERROS de Quiviquinta tenían hambre; con el lomo corvo y la nariz hincada en los baches de las callejas, el ojo alerta y el diente agresivo, iban los perros de Quiviquinta; iban en manadas, gruñendo a la luna, ladrando al sol, porque los perros de Quiviquinta tenían hambre...

Y también tenían hambre los hombres, las mujeres y los niños de Quiviquinta, porque en las trojes se había agotado el grano, en los zarzos se había consumido el queso y de los garabatos ya no colgaba ni un pingajo de cecina...

Sí, había hambre en Quiviquinta; las milpas amarillearon antes del jiloteo y el agua hizo charcas en la raíz de las matas; el agua de las nubes y el agua llovida de los ojos en lágrimas.

En los jacales de los coras se había acallado el perpetuo palmoteo de las mujeres; no había ya objeto, supuesto que al faltar el maíz, faltaba el nixtamal y al faltar el nixtamal, no había masa y sin ésta, pues tampoco tortillas y al no haber tortillas, era que el perpetuo palmoteo de las mujeres se había acallado en los jacales de los coras.

Ahora, sobre los comales, se cocían negros discos de cebada; negros discos que la gente comía, a sabiendas de que el torzón precursor de la diarrea, de los "cursos", los acechaba.

—Come, m'hijo, pero no bebas agua —aconsejaban las madres.

—Las gordas de cebada no son comida de cristianos, porque la cebada es "fría" —prevenían los

24

viejos, mientras llevaban con repugnancia a sus labios el ingrato bocado.

—Lo malo es que para el año que'ntra ni semilla tendremos —dijo Esteban Luna, mozo lozano y bien puesto, quien ahora, sentado frente al fogón, miraba a su mujer, Martina, joven también, un poco rolliza pero sana y frescachona, que sonreía a la caricia filial de una pequeñuela, pendiente de labios y manecitas de un pecho carnudo, abundante y moreno como cantarito de barro.

—Dichosa ella —comentó Esteban— que tiene mucho de donde y de qué comer.

Martina rió con ganas y pasó su mano sobre la cabecita monda de la lactante.

—Es cierto, pero me da miedo de que s'empache. La cebada es mala para la cría...

Esteban vio con ojos tristones a su mujer y a su hija.

—Hace un año —reflexionó—, yo no tenía de nada y de nadie por que apurarme... Ahoy dialtiro semos tres... Y con l'hambre que si'ha hecho andancia.

Martina hizo no escuchar las palabras de su hombre; se puso de pie para llevar a su hija a la cuna que colgaba del techo del jacal; ahí la arropó con cuidados y ternuras. Esteban seguía taciturno, veía vagamente cómo se escapaban las chispas del fogón vacío, del hogar inútil.

—Mañana me voy p'Acaponeta en busca de trabajo...

—No, Esteban —protestó ella—. ¿Qué haríamos sin ti yo y ella?

—Fuerza es comer, Martina... Sí, mañana me largo a Acaponeta o a Tuxpan a trabajar de peón, de mozo, de lo que caiga.

Las palabras de Esteban las había escuchado desde las puertas del jacal Evaristo Rocha, amigo de la casa.

—Ni esa lucha nos queda, hermano —informó el recién llegado—. Acaban de regresar del norte Jesús Trejo y Madaleno Rivera; vienen más muertos d'hambre que nosotros... Dicen que no hay trabajo por ningún lado; las tierra están anegadas hasta adelante de Escuinapa... ¡Arregúlale nomás!

—Entonces... ¿Qué nos queda? —preguntó alarmado Esteban Luna.

—¡Pos vé tú a saber...! Pu'ay dicen quesque viene máiz de Jalisco. Yo casi no lo creo... ¿Cómo van a hambriar a los de po'allá nomás pa darnos de tragar a nosotros?

—Que venga o que no venga máiz, me tiene sin cuidado orita, porque la vamos pasando con la cebada, los mezquites, los nopales y la guámara... Pero pa cuando lleguen las secas ¿qué vamos a comer, pues?

—Ai'stá la cuestión... Pero las cosas no se resuelven largándonos del pueblo; aquí debemos quedarnos... Y más tú, Esteban Luna, que tienes de quen cuidar.

—Aquí, Evaristo, los únicos que la están pasando regular son los que tienen animalitos; nosotros ya echamos a l'olla el gallo... Ahí andan las gallinas sólidas y viudas, escarbando la tierra, manteniéndose de pinacates, lombrices y grillos; el huevito de tierra que dejan pos es pa Martina, ella está criando y hay que sustanciarla a como dé lugar.

—Don Remigio "el barbón" está vendiendo leche a veinte centavos el cuartillo.

—¡Bandidazo...! ¿Cuándo se había visto? Hoy más que nunca siento haber vendido la vaquilla...

Estas horas ya'staría parida y dando leche... ¿Pa qué diablos la vendimos, Martina?

—¡Cómo pa qué, cristiano...! ¿A poco ya no ti' acuerdas? Pos p'habilitarnos de apero hor'un'año. ¿No mercates la coa? ¿No alquilates dos yuntas? ¿Y los pioncitos que pagates cuando l'ascarda?

—Pos ahoy, verdá de Dios, me doy de cabezazos por menso.

—Ya ni llorar es bueno, Esteban... ¡Vámonos aguantando tantito a ver qué dice Dios! —agregó resignado Evaristo Rocha.

Es jueves, día de plaza en Quiviquinta. Esteban y Martina, limpiecitos de cuerpo y de ropas van al mercado, obedeciendo más a una costumbre, que llevados por una necesidad, impelidos mejor por el hábito que por las perspectivas que pudiera ofrecerles el "tianguis" miserable, casi solitario, en el que se reflejan la penuria y el desastre regional, algunos "puestos" de verduras marchitas, lacias; una mesa con vísceras oliscadas, cubiertas de moscas; un cazo donde hierven dos o tres kilos de carne flaca de cerdo, ante la expectación de los perros que, sobre sus traseros huesudos y roñosos, se relamen en vana espera del bocado que para sí quisieran los niños harapientos, los niños muertos de hambre que juegan de manos, poniendo en peligro la triste integridad de los tendidos de cacahuates y de naranjas amarillas y mustias.

Esteban y Martina van al mercado por la Calle Real de Quiviquinta; él adelante, lleva bajo el brazo una gallinita "búlique" de cresta encendida; ella carga a la chiquilla. Martina va orgullosa de la gorra de tira bordada y del blanco roponcito que cubre el cuerpo moreno de su hijita.

27

Tropiezan en su camino con Evaristo Rocha.

—¿Van de compras? —pregunta el amigo por saludo.

—¿De compras? No, vale, está muy flaca la caballada; vamos a ver qué vemos... Yo llevo la "búlique" por si le hallo marchante... Si eso ocurre, pos le merco a ésta algo de "plaza"...

—¡Que así sea, vale... Dios con ustedes!

Al pasar por la casa de don Remigio "el barbón", Esteban detiene su paso y mira, sin disimular su envidia, cómo un peón ordeña una vaca enclenque y melancólica, que aparta con su rabo la nube de moscas que la envuelve.

—Bien 'haigan los ricos... La familia de don Remigio no pasa ni pasará hambre... Tiene tres vacas. De malas cada una dará sus tres litros... Dos p'al gasto y lo que sobra, pos pa venderlo... Esta gente sí tendrá modo de sembrar el año que viene; pero uno...

Martina mira impávida a su hombre. Luego los dos siguen su camino.

Martina descorteza con sus dientes chaparros, anchos y blanquísimos, una caña de azúcar. Esteban la mira en silencio, mientras arrulla torpemente entre sus brazos a la niña que llora a todo pulmón.

La gente va y viene por el "tianguis", sin resolverse siquiera a preguntar los precios de la escasa mercancía que los tratantes ofrecen a grito pelado... ¡Está todo tan caro!

Esteban, de pie, aguarda. Tirada, entre la tierra suelta, alea, rigurosamente maniatada, la gallinita "búlique".

—¿Cuánto por el mole? —pregunta un atrevido, mientras hurga con mano experta la pechuga del

28

avecita para cerciorarse de la cuantía y de la calidad de sus carnes.

—Cuatro pesos —responde Esteban...

—¿Cuatro pesos? Pos ni que juera ternera...

—Es pa que ofrezcas, hombre...

—Doy dos por ella.

—No... ¿A poco crés que me la robé?

—Ni pa ti, ni pa mí... Veinte reales.

—No, vale, de máiz se los ha tragado.

Y el posible comprador se va sin dar importancia a su fracasada adquisición.

—Se l'hubieras dado, Esteban, ya tiene la güevera seca de tan vieja —dijo Martina.

La niña sigue llorando; Martina hace a un lado la caña de azúcar y cobra a la hija de los brazos de su marido. Alza su blusa hasta el cuello y deja al aire los categóricos, los hermosos pechos morenos, trémulos como un par de odres a reventar. La niña se prende a uno de ellos; Martina, casta como una matrona bíblica, deja mamar a la hija, mientras en sus labios retoza una tonadita bullanguera.

El rumor del mercado adquiere un nuevo ruido; es el motor de un automóvil que se acerca. Un automóvil en Quiviquinta es un acontecimiento raro. Aislado el pueblo de la carretera, pocos vehículos mecánicos se atreven por brechas serranas y bravías. La muchachada sigue entre gritos y chacota al auto que, cuando se detiene en las cercanías de la plaza, causa curiosidad entre la gente. De él se apea una pareja: el hombre alto, fuerte, de aspecto próspero y gesto orgulloso; la mujer menuda, debilucha y de ademanes tímidos.

Los recién llegados recorren con la vista al "tianguis", algo buscan. Penetran entre la gente, voltean de un lado a otro, inquieren y siguen preocupados su búsqueda.

Se detienen en seco frente a Esteban y Martina; ésta, al mirar a los forasteros se echa el rebozo sobre sus pechos, presa de súbito rubor; sin embargo, la maniobra es tardía, ya los extraños habían descubierto lo que necesitaban:

—¿Has visto? —pregunta el hombre a la mujer.

—Sí —responde ella calurosamente—. ¡Ésa, yo quiero ésa, está magnífica...!

—¡Que si está! —exclama el hombre entusiasmado.

Luego, sin más circunloquios, se dirige a Martina:

—Eh, tú, ¿no quieres irte con nosotros? Te llevamos de nodriza a Tepic para que nos críes a nuestro hijito.

La india se queda embobada, mirando a la pareja sin contestar.

—Veinte pesos mensuales, buena comida, buena cama, buen trato...

—No —responde secamente Esteban.

—No seas tonto, hombre, se están muriendo de hambre y todavía se hacen del rogar —ladra el forastero.

—No —vuelve a cortar Esteban.

—Veinticinco pesos cada mes. ¿Qui'húbole?

—No.

—Bueno, para no hablar mucho, cincuenta pesos.

—¿Da setenta y cinco pesos? Y me lleva a "media leche" —propone inesperadamente Martina.

Esteban mira extrañado a su mujer; quiere terciar, pero no lo dejan.

—Setenta y cinco pesos de "leche entera"... ¿Quieres?

Esteban se ha quedado de una pieza y cuando

30

trata de intervenir, Martina le tapa la boca con su mano.

—¡Quiero! —responde ella. Y luego al marido mientras le entrega a su hija—: Anda, la crías con leche de cabra mediada con arroz... a los niños pobres todo les asienta. Yo y ella estamos obligadas a ayudarte.

Esteban maquinalmente extiende los brazos para recibir a su hija.

Y luego Martina con gesto que quiere ser alegre:

—Si don Remigio "el barbón" tiene sus vacas d'ionde sacar el avío pal'año que'ntra, tú, Esteban, también tienes la tuya... y más rendidora. Sembraremos l'año que'ntra toda la parcela, porque yo conseguiré l'avío.

—Vamos —dice nervioso el forastero tomando del brazo a la muchacha.

Cuando Martina sube al coche, llora un poquitín.

La mujer extraña trata de confortarla.

—Estas indias coras —acota el hombre— tienen fama de ser muy buenas lecheras...

El coche arranca. La gente del "tianguis" no tiene ojos más que para verlo partir.

Esteban llama a gritos a Martina. Su reclamo se pierde entre la algarabía.

Después toma el camino hacia su casa; no vuelve la cara, va despacio, arrastrando los pies... Bajo el brazo, la gallina "búlique" y, apretada contra su pecho, la niña que gime huérfana de sus dos cantaritos de barro moreno.

HÍCULI HUALULA

—EL "TÍO", fue el... El "tío" —declaró la mujeruca entre gemidos, cuando sus ojos vidriosos miraban el rostro del cadáver de un hombre joven y membrudo. Frente a ella, solemne y áspero, el patriarca de Tezompan escuchaba.

La mujer, presa de locuacidad histérica, no paraba la lengua.

"Anoche llegó borracho... decía cosas horribles; entonces dudó más de tres veces del 'tío'. Por fin, ahogado en mezcal, acabó por dormirse. Esta mañana amaneció tieso... Fue que lo provocó, sí, dudó más de tres veces del poder del 'tío', ese del que sólo usted, por ser el más viejo y el más sabio, puede pronunciar su nombre."

El patriarca se mantuvo unos momentos silencioso, la mujer lo miraba expectante. Luego, silabeando claramente, dijo la palabra vedada a todos los labios excepto a los de él:

"Hículi Hualula cuando se le provoca es perverso, vengativo, malo; en cambio..."

El viejo cortó la oración apenas iniciada, quizás porque recordó que yo estaba presente, yo, un extraño que desde hacía una semana venía atosigando con mis impertinencias de etnólogo a la arisca población huichola de Tezompan... Mas ya era tarde, el extraño término había quedado escrito en mi libreta; ahí estaba: "Hículi Hualula", insólita voz que sólo estaba permitido pronunciar al más viejo y más sapiente.

El patriarca tuvo para mí una mirada recelosa,

32

comprendió que había cometido una grave indiscreción y trató de remediar en alguna forma su ligereza, siempre que con ello no quebrantara las leyes inmutables de la hospitalidad. Entonces el anciano dijo a la mujer breves palabras en su lengua indígena. Ella se volvió hacia mí y, sin dejar de verme con sus ojos pequeños y enrojecidos, dio suelta a una perorata en huichol, ese idioma rígido, de sonoridades exóticas y que yo apenas si conocía a través de las eruditas disquisiciones de los filólogos... Cuando acabó su exposición, la reciente viuda, anegada en lágrimas, se echó sobre el pecho del difunto y tuvo sacudimientos y sollozos conmovedores.

El anciano patriarca pasó tiernamente su mano sobre la cabeza de la mujer; después vino hasta mí, para decirme lleno de cortesía:

"Bueno es que la dejemos sin más compañía que su pena."

Me tomó por un brazo y con ademán considerado guíome hasta la puerta del jacal; pero ahí me detuve decidido, no podía abandonar el sitio sin ahondar en el enigma de la palabra que, escrita en la libreta de apuntes, demandaba mi atención profesional imperativamente.

—¿Qué es el Hículi Hualula? —pregunté sorpresiva y secamente.

El viejo soltó mi brazo, dio un paso atrás, su mirada tornóse chispeante y en sus labios se dibujó una mueca desagradable:

—Por su salud, señor, no lo repita. El nombre del "tío" sólo yo puedo pronunciarlo sin incurrir en su enojo.

—Necesito saber quién es él, cuáles son sus poderes, sus atributos.

El hombre no habló más, se mantuvo inconmovible, con los ojos vagos, sumidos, tal si miraran hacia adentro, igual que las patéticas deidades ancestrales...

En vano insistir; el hombre se había cerrado en un mutismo cáustico, pero de tal manera angustioso, que decidí abandonar ese camino de indagación, más por piedad, que por temores. Sin embargo, me creí desde ese instante mayormente obligado a penetrar hasta el fondo del enigma.

Entendía entonces que la sola clarificación del misterio que aprisionaba el terminajo significaría el éxito completo de mi empresa y que ignorarlo, en cambio, representaría nada menos que el fracaso.

Lo anterior explicará muy bien la obsesión de que fui víctima durante varios días. Con la seguridad de que una investigación directa carecería de eficacia y acaso traería efectos adversos, decidí circundar la incógnita con una serie de pesquisas discretas, cuyos cabos, atados prudentemente, podrían otorgarme resultados más satisfactorios...

Pero una mañana en que el rigor calenturiento de las tercianas me había tundido más fieramente que de ordinario, mi templanza saltó hecha añicos y volví a lanzarme por el sendero de la irreflexión: doña Lucía, la mestiza, preparaba en mi obsequio una tisana de quina; cerca de ella, en los fogones domésticos, tres o cuatro mujeres huicholas se habían entregadas a la pulverización del maíz tostado para el "pinole". Cuando doña Lucía, gorda y nachona, me alargaba el jarro con el amargo cosesto, vino a mis labios, incontenible y bruscamente la cuestión:

—Doña Lucía, ¿sabe usted qué o quién es el Hícu-Hualula?

La mujer hizo un gesto de espanto, llevóse el índice a los labios y, sin alcanzar resuello, volvió a mirar a las indias, quienes tapándose los oídos y armando atroz aspaviento salían del jacal horrorizadas.

La mestiza, dando muestras de gran inquietud, tomó entre sus manos regordetas mi diestra y luego, con acento mejor de conmiseración que de reproche, me dijo:

—Por favor, señor, no diga nunca esa palabra... Ahora me ha causado usted un gran perjuicio, mis criadas se han ido y no regresarán a esta casa donde se ha pronunciado el nombre del "tío" indebidamente, hasta que la luna nueva deshaga con su luz el hechizo.

—Usted lo sabe, doña Lucía, dígame quién es, qué es, en dónde está...

La mujer, sin agregar una palabra, me dio la espalda; luego se echó sobre un metate para arremeter la labor que las huicholas dejaron inconclusa.

Esa misma tarde tuve que ir hasta una sementera para recoger la letra en huichol de una balada agrícola. El campesino que iba a pronunciarme la canción me esperaba recargado contra un lienzo de alambre espigado que protegía la labor; era la suya una "milpa" hermosa, altas, gruesas y verdinegras matas de maíz se estremecían al paso del aire templado; el hombre se sentía orgulloso y su buen humor era patente. Se trataba de un indio pequeño y seco como un cañuto de otate; hablaba poco, pero sonreía mucho, dijérase que no desperdiciaba una oportunidad para lucir su magnífica dentadura.

—Bonita "milpa", Catarino —dije por saludo.

—Sí, bonita —contestó.

—¿Abonaste el terreno?

—No lo necesitaba, es bueno de por sí... Y con

la ayuda de Dios y del "tío", pues las "milpas" crecen, florean y dan mucho maicito —dijo en tono simple, como se dicen los refranes, las sentencias más vulgares o las plegarias.

Yo sentí correr por mi cuerpo un cosquilleo y a punto estuve de caer nuevamente en necedad.

—¿El "tío" dijiste? —pregunté con exagerada indiferencia—. ¿Ese del que no se debe pronunciar el nombre?

—Sí —repuso sencillamente Catarino—. El "tío", que es bueno con quien lo respeta.

Había en la cara del huichol tal serenidad y en sus palabras tanta y tanta confianza y fe, que se me antojó perversidad aun el solo intento de arrancarle el secreto.

De todos modos, en aquella tardecita avancé un poco en el esclarecimiento del misterio: el "tío" era bueno cuando otorgaba la vida; pero el "tío" era malo cuando causaba la muerte.

Poco tiempo tardé en apuntar las palabras de la "canción de la siembra", agradecí a Catarino sus atenciones y emprendí el regreso a Tezompan.

En el camino alcancé a Mateo San Juan, el maestro rural; era un buen chico, huichol de pura raza. A las primeras palabras cruzadas con él, se descubría su inteligencia; pronto también se percataba uno del anhelo del joven por mejorar la condición económica y cultural de los suyos. Mateo tenía especial interés en informar a los extraños que había vivido y estudiado en México, en la Casa del Estudiante Indígena allá en la época de Calles.

Mateo San Juan era accesible y comunicativo. Esa tarde paseaba, pues había terminado a buena hora sus labores docentes. En sus manos jugueteaba una hermosa chirimoya. Cuando me vio partió

entre sus dedos el fruto y obsequioso me brindó
una mitad. Seguimos juntos saboreando el dulzor
de la chirimoya, y el no menos grato de la buena
compañía.

Sin embargo, yo no era leal con Mateo San Juan,
mis palabras todas tendían a llevar la conversación
hacia el punto de mi conveniencia, hacia el sitio de
mis intereses. No fue una empresa difícil que diga-
mos abordar el tema; el mismo Mateo dio pie para
ello, cuando habló de las muchas dificultades que
al extraño se le ofrecen antes de penetrar en la realidad del indio: "Nos es más fácil a nosotros com-
prender el mundo de ustedes, que a los hombres
de la ciudad conocer el sencillo cerebro de nosotros"
—dijo Mateo San Juan un poquito engreído con su
frase.

—¿Qué es el Hículi Hualula? —pregunté decidido.

Mateo San Juan me miró serenamente y hasta
advertí en sus labios un leve repliegue de ironía.

—No es raro que "el misterio" haya cautivado a
usted: igual ocurre a todos los forasteros que ave-
riguan su existencia... Yo le aconsejaría ser muy
discreto al tratar ese asunto, si no quiere encontrarse con resultados desagradables.

—Así sospecho, pero yo no descansaré hasta conocer el fondo de esa preocupación... Usted sería
un informante ideal, Mateo San Juan —dije un poco
turbado ante la actitud del maestro.

—No espere usted de mí ninguna luz en torno
del "tío"... ¡Que pase usted buena tarde, señor investigador! —Y diciendo eso, aceleró su paso hasta
tomar un veloz trotecillo.

—Eh, Mateo, espere —grité repetidas veces, mas
el maestro rural no detuvo su marcha y acabó por
perderse de vista en un recodo del camino.

Llegó el sábado y con él mi única esperanza; estaba en Tezompan el cura de Colotlán, quien semana a semana hacía visita a la jurisdicción de su parroquia. Cuando el anciano sacerdote se apeó de su mulo tordillo y antes de que se despojara de su guardapolvo de holanda, ya estaba yo en su presencia, suplicándole que me escuchara breves momentos. El clérigo amablemente se puso a mis órdenes.

—Sólo —dije— que necesito hablarle en extrema reserva.

—Bien —repuso el cura—, en la sacristía estaremos solos el tiempo que sea necesario.

Y ahí, en aquel silencioso ambiente, el cura me dijo todo lo que había podido indagar en torno del "tío".

—En verdad —dijo—, esa cuestión logró interesarme hace tiempo, mas el hermetismo de esta gente nunca me permitió adentrar todo lo que hubiera deseado en la misteriosa preocupación: "tío" le dicen, porque lo suponen hermano de "tata Dios" y es para ellos tan poderoso, que el pueblo entero puede dormir tranquilo si se sabe bajo su protección... Pero el "tío" es cruel y vengativo, con su vida pagará quien lo injurie o pronuncie su nombre...

Esto último queda reservado tan sólo al más viejo de la comunidad. Bajo el amparo del "tío", los huicholes viajan confiados, pues creen que contando con sus influencias, las serpientes se apartarán del camino, los rayos descargarán a distancia y todos los enemigos quedarán maniatados. No hay enfermedad que resista al "tío" y sólo mueren los hombres que no se encuentran en gracia de él... Lamento, amigo mío —concluyó el clérigo—, no po-

der darle mayores datos, pues ahora mis esfuerzos
se cifran, mejor que en conocer detalles de la diabólica creencia, en arrancarla de los corazones de
esos infelices...

"Y bien —me dije cuando a solas hice balance
de las informaciones proporcionadas por el cura—,
lo poco que sé del 'tío' apenas si es un aguijón para
meterme en el misterio y hacer de él algo preciso
y claro..." Pero comprobé que el tiempo destinado a la investigación de los huicholes terminaba;
dentro de dos días debería estar con los coras y
por ello abandonar, quizás para siempre, el esclarecimiento de la incógnita.

Tímidos golpes a la puerta suspendieron mi so-
liloquio. Sin esperar la venia, Mateo San Juan pe-
netró en el jacal que me servía de habitación y laboratorio. El profesor rural tenía entonces un gesto
cómicamente enigmático; venía envuelto hasta la
barbilla en una frazada solferina y el ala de su sombrero de palma caíale sobre los ojos; saludó con
voz un poco trémula. Aquella actitud me hizo pre-
sentir que algo importante se avecinaba. Mateo
permaneció en pie, no obstante la invitación afec-
tuosa que le hice para que tomara asiento en uno de
los bancos rústicos que amoblaban mi choza.

—He pensado mucho lo que vengo a hacer; he
calculado el paso que voy a dar, porque no quiero
ser egoísta. El mundo entero, y no sólo los huicholes, debe disfrutar de las mercedes del "tío", gozar
de sus efectos y apreciarlo en todas sus bondades...

—¿Entonces, está usted dispuesto a...?

—Sí, a pesar de que con mi revelación pongo en
peligro el pellejo.

—No creo, Mateo San Juan que todo un maestro

rural sienta pavor supersticioso, tal y como lo experimentan el común de los indígenas.

—Del "tío" no tengo temores, sino de sus "sobrinos". Pero, repito, no quiero ser ruin; la humanidad debe ser favorecida con las virtudes del "tío"...

—Sea más explícito, por favor, basta ya de preámbulos.

—Cuando la ciencia —continuó Mateo sin alterarse— ponga a su servicio al "tío", entonces todos los hombres habrán alcanzado, como nosotros los huicholes, la alegría de vivir; acabarán con los dolores físicos, terminará su cansancio, se exaltarán saludablemente las pasiones, al tiempo que un sueño luminoso los llevará hasta el paraíso; calmarán su sed sin beber y su hambre sin comer; sus fuerzas renacerán todos los días y no habrá empresa difícil para ellos... Sé que la ciencia del microscopio, de la química con todas sus reacciones, lograrían prodigios el día en que pusieran al alcance de todos las virtudes del "tío"... Del "tío" que es estimulante de la amistad y del amor, suave narcótico, sabio consejero; que con su ayuda, los hombres se harían mejores, porque nada los uniría más que la mutua felicidad y el completo entendimiento. El "tío" hace tierno el corazón y liviano el cerebro...

—No siga usted —interrumpí decepcionado—, el "tío" no es otra cosa que el "peyote" ¿verdad?

Mateo San Juan sonrió despreciativo y luego dijo:

—El "peyote" es conocido de ustedes hace muchos años, sus efectos son vulgares, intoxicantes, pasajeros y desde luego más dañosos que benéficos... El "tío" es otra cosa; hasta ahora, si no somos los huicholes, nadie ha probado sus propiedades extraordinarias...

—Bueno... ¿Cómo hago para llevarme al "tío" a los laboratorios de México?

Mateo San Juan se tornó solemne y, apartando su poncho, dejó entre mis manos un bulto pequeño y ligero, no mayor que el puño.

—Ahí lo tiene usted... Llévelo, algún día todos los hombres exaltarán sus excelencias, llegará a ser más estimado que la riqueza, tan útil como el pan, tan preciado como el amor y tan deseado como la salud. Va envuelto en hojas de sábila, únicas que resisten sus fuertes emanaciones. No lo descubra usted hasta el momento en que vaya a ser estudiado y procure usted que esto se haga antes de que transcurra una semana... ¡Ah, si llegan a saber mis paisanos que lo he entregado en manos de un extraño, acabarán conmigo...! Váyase usted hoy mismo, lléveselo y no se olvide de su amigo Mateo San Juan.

—Gracias... ¿Pero cómo pueden abrigar sus paisanos intenciones tan negras contra usted, si el "tío" tan sólo sugiere buenos pensamientos y acciones nobles?

El maestro rural dijo sobriamente:

—No me perdonarían, porque los huicholes miran en él el hermano de la divinidad intocable; ustedes, en cambio, tan sólo sabrán de sus efectos favorables y lo estimarán simplemente como lo que es... Llévelo y aprovéchelo bien, pero salga inmediatamente, antes de que el tiempo oculte a los laboratorios todas sus virtudes.

—No voy por lo pronto a México —informé—; pero esta misma tarde saldrá mi ayudante a Colotlán llevando al "tío" y por correo registrado lo reexpedirá a México, con una carta mía para el Instituto Biológico, donde lo examinarán y estudiarán a fondo.

—Que todo sea para bien, señor investigador.

—Gracias de nuevo, Mateo San Juan. Ha realizado usted una buena acción.

Esa misma tarde, de acuerdo con lo planeado, mi ayudante, un joven mestizo de Colotlán, salió con el encargo de mandar al "tío" perfectamente asegurado por la vía postal. Un poco más tarde, yo debería partir para la región de los coras, donde haría una fugaz visita para revisar ciertas informaciones dudosas... Pero antes quise despedirme del buen maestro rural.

Llegué a su choza, una viejecita india, humilde y temerosa, estaba en la puerta rodeada de vecinas que la confortaban. Cuando me miró, dijo palabras trémulas y ahogadas:

"Fue el 'tío'... sí, fue el 'tío' que no perdona..."

Lleno de tremendas dudas penetré en el jacal. Ahí tendido en una estera de palma estaba mi amigo Mateo San Juan; su cara desfigurada a golpes y su cuerpo molido a palos daban compasión. Él plegó su cara deforme para recibirme con una sonrisa:

"Las pobres mujeres —dijo— creen que fue el 'tío', pero fueron los 'sobrinos', como yo me lo temía."

Cuando regresé a México, mi primera visita fue para el Instituto de Biología. Ahí desconocían por completo al "tío", supuesto que jamás llegó ninguna encomienda postal de mi remisión. Hice después una pesquisa en el correo con resultados también negativos. Como siguiente gestión, escribí una

42

carta a mi ayudante de Colotlán. Esperé la respuesta un par de semanas; al no recibirla, la urgí por telegrama. Este último sí recibió contestación: el joven, en una misiva afligida y cobardona, me suplicaba dramáticamente que nunca volviera a tratrarle nada "respecto a lo que se contrae su estimable carta", pues la prueba que había experimentado en ocasión de mi visita "estuvo a punto de ser fatal para el suscrito".

En falla mi ayudante, escribí a Mateo San Juan. La carta me fue devuelta sin abrir. Insistí y los resultados fueron idénticos a los primeros.

El último recurso era el señor cura de Colotlán. A él escribí con mayor confianza; le hablaba con claridad y le encarecía que me enviara de nuevo a Hículi Hualula. Pocos días después me llegó una lacónica carta del sacerdote: Mateo, impresionado por la gente de su pueblo, había "perdido la tierra, al engancharse como bracero; las últimas noticias que se habían tenido de él, decían que estaba en Oklahoma, trabajando como peón de vía..." "Y, respecto a su encarguito —continuaba la carta del cura—, lamento en verdad no poderlo satisfacer, pues ello traería aparejados trastornos, escándalo y agitaciones que mi ministerio, mejor que provocar, está para prevenir. Tocante a su proyecto de un nuevo viaje por estas latitudes, le aconsejo, si aprecio le tiene a la vida, no intentarlo siquiera."

La derrota ha sido para mí desquiciante, la inquietud ha madurado en manía y ésta ha producido ofuscamientos y los ofuscamientos han tomado la forma de hechos alarmantes... Lo he visto en sueños, sí, trajeado con las suntuosas galas que llevan los huicholes en sus ceremonias al Padre Sol...

Ha pasado junto a mí y me ha guiñado el ojo; cuando le hablé por su nombre, Hículi Hualula ha reído ruidosa y roncamente, mientras lanzaba a mis pies escupitajos solferinos.

La tarde en que lo descubrí dirigiendo el tránsito de vehículos en los cruceros de las avenidas Juárez y San Juan de Letrán, estaba magnífico: el rostro pétreo inconmovible, aliñado con un bezote de turquesa, la testa tocada con un penacho de plumas de guacamayo, los pies con sandalias de oro y su índice horrible, hecho de carne verde de nopal y armado con una uña de púa de maguey, me señalaba, al tiempo que por la boca escurrían espantosas imprecaciones en huichol...

Alguien me ha dicho que quien me condujo a la Cruz Roja había escuchado de mí estas palabras: "El 'tío'... fue el 'tío' que no perdona", al mismo tiempo que mis ojos vagaban imbécilmente... Que entonces mi voluntad era nula y mi pulso alterado...

El médico recetó bromurados, reposo y baños tibios...

EL CENZONTLE Y LA VEREDA

Fue entre los chinantecos, esos indios pequeñitos, reservados y encantadoramente descorteses. Fue entre ellos, en su propio nidal, "trastumbando" Ixtlán de Juárez y en los mismos estribos del sugestivo fenómeno de la orografía de México, que llaman el Nudo de Cempoaltépetl.

Escogimos Yólox —San Marcos Yólox, para ser más exactos— como el sitio ideal donde instalar nuestro laboratorio antropológico... Yólox es una metrópoli de escasos trescientos habitantes, que cuelga, entre girasoles y magueyales, de un ribazo de la cordillera. En torno de Yólox —nombre cordial, supuesto que significa corazón en idioma azteca—, ranchos, congregaciones y jacaleras, de donde todos los viernes bajan los indios dispuestos a jugar en el "tianguis" su doble caracterización de compradores y vendedores, en un comercio de trueque animado y pintoresco: sal, por granos; piezas de caza o animalillos de río o de charca, por retazos de manta; yerbas medicinales a cambio de "rayas" de suela para huaraches; hilo de ixtle enrollado en bastas madejas, por candelas de sebo; gallinas, por manojos de estambre...

Ahí, posesionados de la escuelita abandonada, dispusimos nuestro aparato técnico. Había que basar en datos irrefutables de tipo estadístico una teoría nacida sobre la mesa de trabajo de un reputado sabio europeo, es decir, que nosotros los investigadores andábamos en la misión de zurcir ciencia, en un encargo semejante al del zapatero remendón

que reluja un par de viejos botines. O más sencillamente, teníamos entre las manos una brújula,
para la cual había que manufacturar una buena colección de rumbos, o, de otra suerte, la luminosa
especulación del maestro sucumbiría en los instantes en que empezaba a cobrar prestigio en las aulas
y crédito en las academias.

La primera semana iba pasando entre nuestra inquietud y las protestas de los europeos que formaban parte de la expedición:

"Nada —argüían a veces—, que si estos indios se
niegan a ser estudiados, debemos proceder como lo
hicimos en Eritrea o en Azerbaiján: traerlos a rigor, a punta de bayoneta, si es necesario..."

Los mexicanos, conocedores del ambiente, tem-
blábamos sólo al pensar lo que significaría un acto
de violencia con los levantiscos chinantecos.

El sábado habíamos logrado algo: un mendigo
ebrio accedió a dejarse estudiar. Funcionaron entonces nuestros aparatos niquelados; el antropóme-
tro, los compases de Martin, el dinamómetro y la
báscula; hubo pruebas sanguíneas y hasta el intento de un metabolismo basal.

Cuando hubimos logrado analizar el primer
"caso" y ese "caso" salió del laboratorio con una de-
corosa gala en metálico, notamos en los futuros
sujetos mejor comprensión y hasta cierta simpatía
para nosotros.

Mas las cosas se complicaron gravemente con
un hecho insólito, con algo nunca escrito en los ana-
les centenarios de Yólox: su cielo, ayer impasible,
fue conmocionado por el trepidar de un motor y
su azul vilmente maculado por la estela gris y humeante... ¡Había pasado un avión!

El pasmo entre los indios fue terrible; las mu-

46

jeres apretaron entre sus brazos a los críos, al tiempo que sus ojos siguieron la trayectoria del ave rutilante. Los hombres cobraron sus hondas y sus escopetas; alguno disparó su arma dos veces ante la inmutabilidad del viajero que volaba rumbo al sur; un mocetón audaz trepó a la copa de un árbol; después aseguró haber visto el pico del pájaro y sus enormes garras, entre las que se debatía un novillo...

Cuando el visitante ingrato se perdió entre las nubes y la distancia, los indios acosados por el terror vinieron a nosotros. Entonces el local de nuestra instalación resultó insuficiente; todo el pueblito se había volcado en él. Alguno nos preguntó en lenguaje torpe algo respecto a esos fantásticos gavilanes. Cuando bien podríamos haber aprovechado aquellos instantes de pavor en servicio de nuestra misión, olvidamos las verosímiles ventajas, a cambio de un recurso problemático, pero en todo caso, más leal y más honrado:

—Es un aparato que vuela —dije—. Es como una piedra lanzada por una honda... En él viajan hombres iguales que ustedes y que nosotros.

—¿Quiere decir que en la barriga de ese pájaro van hombres? —volvió a inquirir el indio.

—No, no propiamente, porque eso que ustedes llaman pájaro es simplemente una máquina...

El intérprete, un anciano duro y grave, muy en su papel de primera autoridad del pueblo, tuvo un gesto de incredulidad, pero repitió en su lengua mis palabras; entonces siguió un lapso de silencio expectante.

—Pero —argumentó— la piedra sube, va y baja... Mas ese pajarote vuela y vuela por la fuerza de sus alas.

gavilán = sparrow hawk

47

—Es —contesté— que el aparato lleva en su vientre la esencia de la lumbre: la gasolina, el aceite, las grasas...

El viejo torció la boca con una sonrisa de suspicacia:

—No nos creas tan dialtiro... A poco crees que semos tus babosos.

Luego dijo en su idioma monosilábico palabras prolongadas y solemnes. Apenas terminó, los reunidos abandonaron nuestro laboratorio; algunos, especialmente las mujeres, lo hicieron en forma violenta y precipitada, otros, al marcharse, nos veían con ojos aterrorizados y rencorosos.

Sólo quedó frente a nosotros un grupo pequeño de gente triste, enferma y acongojada, diríase que el peso de su miseria y de sus males los anclaba, los hincaba en el sitio. Era una familia de tres miembros: el padre enclenque e imbécil, que al sonreír mostraba su dentadura dispareja y horriblemente insertada; la madre, pequeñita, de carnes fofas y renegridas, acusaba una preñez adelantada; la hija, una niña a la que la pubertad la había sorprendido, la había capturado, sin darle tiempo a mudar la tristeza, la mansedumbre infantil de sus ojos mongoloides, por el brillo que enciende la juventud, ni trasmutar las formas rectilíneas por las morbideces de la edad primaveral.

—Malos, semos malos... remalos, patroncito —dijo el hombre señalando a su familia.

El diagnóstico resultaba fácil entre los evidentes síntomas: todos eran presas del paludismo, así lo decían a gritos los semblantes demudados, su mueca decaída, los miembros soplados y amarillentos.

—Malos semos... remalos, tatitas —repitió el indio con voz llorona.

48

Pero para nosotros, más que enfermos, aquellos miserables eran sujetos de estudio, elementos probatorios quizás de una teoría nacida en remotos climas, que necesitaba del abono de la estadística, del fertilizante del guarismo... eran cifras con que operar.

Ante el asombro de ellos volvieron a salir los aparatos científicos; averiguamos su estatura y su volumen, el largo de sus huesos, la forma de su cráneo, el peso de cada uno y las particularidades coagulativas de su sangre. Ellos, con el asombro, con el espanto columpiando de sus pestañas, nos dejaban hacer, seguros de que nuestras maniobras les darían la salud.

Cuando hubimos satisfecho todos los complicados cuestionarios, los dejamos descansar.

El hombre dijo algunas palabras a los suyos, al tiempo que tomaba mi mano para besarla; igual cosa trataron de hacer las mujeres; yo, lleno de vergüenza, esquivé aquella manifestación de agradecimiento. Me hallé culpable de engaño y de mentira, del uso de un expediente innoble, aunque necesario en aquellas circunstancias... Entonces recordé que en nuestro botiquín podría encontrar algo que aliviara un poco las dolencias de los desventurados. Di con un frasco de quinina en comprimidos. Llené de aquellos hermosos granos escarlatas y brillantes como peonías las cuencas de las manos que se me tendían trémulas, como avecitas sedientas; acaricié a la muchacha y los dejé marchar. Al trasponer la puerta, la mujer nos sonrió triste, dolorida.

En la plazoleta los habitantes de Yólox hablaban, discutían, se acaloraban, veían al cielo y levantaban sus manos empuñadas.

Cuando la familia de palúdicos pasó por la plazuela, la gente abrió valla temerosa de contaminarse, más que del padecimiento, de aquello que hubieran podido adquirir de su trato con nosotros; había en las miradas compasión y caridad. Las voces bajaron de tono hasta hacerse imperceptibles. Los enfermos cruzaron entre la multitud sin detener su paso; iban de regreso a la tierra baja, "donde priva el letal paludismo".

Mis compañeros los europeos desesperaban. Era indispensable convencer u obligar, si había necesidad, a los chinantecos para que se prestaran a nuestra experiencia; yo, más conocedor de aquella gente, opté por buscar un medio conciliador. Fui a ver al viejo intérprete, sabía con absoluta seguridad que éste no sólo era el único hombre capaz en el pueblo de entender el español, sino que también tenía sobre los suyos una influencia determinante, basada en sus prácticas de magia y de hechicería. Su valimiento entre los chinantecos estaba sobre el de la autoridad civil, que en realidad no representaba para él más que un elemento para reforzar su dominio. Lo encontré en su choza; la sumisión de que había dado muestra en los momentos de terror que le produjo la presencia del aeroplano bajo el cielo de la Chinantla se había transformado en una actitud soberbia, defensiva, cáustica. Tuvo para mí frases cortantes, de plantilla, tal le obligaba la heredada hospitalidad de los indígenas, pero en su mueca descubría rencores y recelos profundos.

Hablé mucho, quizás diez o quince minutos, y cuando creí haber dejado convencida a la esfinge, como si mis palabras hubiesen rebotado en su frente estrecha y huida, dijo:

—Ellos, mi gente, se han dado cuenta... y antes de permitir que lo que ustedes traen entre manos se cumpla, les ponemos dos horas para que abandonen el pueblo... Si desobedecen, no daremos una liendre por la vida de todos. Yo te aconsejo ensillar las bestias y salir de aquí antes de que madure el lucero... ¿Oyites?

—Pero —argumenté— nosotros no pretendemos nada malo.

—Así dicen todos —repuso el anciano—. Tú y ellos son comerciantes; ayer lo eran de reses y de cerdos; ahoy lo son de cristianos. Los que vienen contigo son gringos y dueños de la cría de esos pajarotes que se mantienen con manteca de cristiano... Ahoy queren llevarse la grasa de los chinantecos para llenar el buche de esos gavilanes gigantes... ¡Dí la verdá...! No semos tan brutos para no darnos cuenta: Si nos pesan, si nos miden, si nos sangran... ¿Qué quere decir? Que nos tienen en calidá de puercos en engorda... Pero si quieres quedarte —agregó en tono confidencial—, díme a mí, a mí solito, onde puedo conseguir huevos de esos pajarotes para echar a empollar; en estas montañas se han de criar galanes, comiendo yerbas, bellotas y piñones como los guanajos... Pero si te niegas, el lucero de mañana les aluzará el camino. ¿Entiendes?

No esperamos al lucero; salimos bajo el cobijo de las tinieblas, a revientacinchas, en oprobiosa huída. Tras de nosotros corrieron los pedruscos y florecieron las injurias y las maldiciones.

Una prodigiosa amanecida nos sorprendió al encumbrar el puerto de María Andrea. Los pinos alzaban sus ramazones temblorosas de rocío, los estratos de una extraña conformación geológica veteaban nuestra ruta; verdores cambiantes —del renegrido al amarillento —se nos metían por los ojos; el olor de resina, el cantar del viento que rozaba las ramas y se cortaba en las aristas de las peñas y el trino del cenzontle, todos elementos sedativos, temas de sosiego, estímulos de fe, acabaron por tranquilizar los espíritus, pero no bastaron para hacer olvidar los agravios.

Alguno abominó de los indios:

"Son malagradecidos y pérfidos."

Otro salió débilmente en su defensa:

"Han sufrido tanto, que su desconfianza y su temor se justifican."

Mas la explicación de aquellos hechos incongruentes, de aquella situación absurda, nos esperaba al torcer la vereda. Ahí, con su rostro demacrado y transido, pero con muecas de regocijo y actitudes alborozadas, nos aguardaba la familia enferma, aquella a la que obsequiamos con las pastillas de quinina. El hombre imbécil y la mujer preñada intentaron otra vez besarnos las manos y la niña se elevó de puntillas tratando de tocarnos.

Detuvimos unos instantes las bestias; yo les hablé:

—¿Qué hay, muchachos, les probaron las medicinas?

El padre permaneció mudo, tratando de encontrar buenas palabras:

—Sí, semos amejoraditos...

—¿Les quedan pastillas? —inquirí.

El hombrecito, por toda respuesta, separó el cuello de su camisa para mostrarnos un collar de comprimidos de quinina bermejos y brillantes.

La mujer hizo lo mismo e igual la muchacha.

—El mal ya no se nos acerca ·—informó el hombre—, le tiene miedo al sartal de piedras milagrosas.

En los ojos de los chinantecos hubo fulgores de un sentimiento muy parecido a la fe.

A partir de aquel instante, ya nadie habló de la ingratitud de los indios, ni de su brutalidad, ni de sus descortesías... Hubo, sí, imprecaciones e insultos pero no para los chinantecos, ni para los mixes, ni para los coras, ni para los seris, ni para los yaquis... los hubo para aquellos hombres y aquellos sistemas que al aherrojar los puños y engrillar las piernas, chafan los cerebros, mellan los entendimientos y anulan las voluntades, con más coraje, con más saña que el paludismo, que la tuberculosis, que la enterocolitis, que la onchocercosis... Y los pinos, el cenzontle y la vereda aprobaron a una.

LA PARÁBOLA DEL JOVEN TUERTO

..."Y VIVIÓ feliz largos años." Tantos, como aquellos en que la gente no puso reparos en su falla. Él mismo no había concedido mayor importancia a la oscuridad que le arrebataba media visión. Desde pequeñuelo se advirtió el defecto, pero con filosófica resignación habíase dicho: "Teniendo uno bueno, el otro resultaba un lujo." Y fue así como se impuso el deber de no molestarse a sí mismo, al grado de que llegó a suponer que todos veían con la propia misericordia su tacha; porque "teniendo uno bueno..."

Mas llegó un día infausto; fue aquél cuando se le ocurrió pasar frente a la escuela, en el preciso momento en que los muchachos salían. Llevaba él su cara alta y el paso garboso, en una mano la cesta desbordante de frutas, verduras y legumbres destinadas a la vieja clientela.

"Ahí va el tuerto", dijo a sus espaldas una vocecita tipluda.

La frase rodó en medio del silencio. No hubo comentarios, ni risas, ni algarada... Era que acababa de hacerse un descubrimiento.

Sí, un descubrimiento que a él mismo le había sorprendido.

"Ahí va el tuerto"... "el tuerto"... "tuerto", masculló durante todo el tiempo que tardó su recorrido de puerta en puerta dejando sus "entregos".

Tuerto, sí señor, él acabó por aceptarlo: en el fondo del espejo, trémulo entre sus manos, la impar pupila se clavaba sobre un cúmulo que se interponía entre él y el sol...

Sin embargo, bien podría ser que nadie diera valor al hallazgo del indiscreto escolar... ¡Andaban tantos tuertos por el mundo! Ocurriósele entonces —imprudente— poner a prueba tan optimista suposición.

Así lo hizo.

Pero cuando pasó frente a la escuela, un peso terrible lo hizo bajar la cara y abatir el garbo del paso. Evitó un encuentro entre su ojo huérfano y los múltiples y burlones que lo siguieron tras de la cuchufleta: "Adiós, media luz."

Detuvo la marcha y por primera vez miró como ven los tuertos: era la multitud infantil una mácula brilante en medio de la calle, algo sin perfiles, ni relieves, ni volumen. Entonces las risas y las burlas llegaron a sus oídos con acentos nuevos: empezaba a oír, como oyen los tuertos.

Desde entonces la vida se le hizo ingrata.

Los escolares dejaron el aula porque habían llegado las vacaciones: la muchachada se dispersó por el pueblo.

Para él la zona peligrosa se había diluído: ahora era como un manchón de aceite que se extendía por todas las calles, por todas las plazas... Ya el expediente de rehuir su paso por el portón del colegio no tenía valimiento: la desazón le salía al paso, desenfrenada, agresiva. Era la parvada de rapaces que a coro le gritaban:

Uno, dos, tres,
tuerto es...

O era el mocoso que tras del parapeto de una esquina lo increpaba:

"Eh, tú, prende el otro farol..."

Sus reacciones fueron evolucionando: el estupor se hizo pesar, el pesar, vergüenza y la vergüenza rabia, porque la broma la sentía como injuria y la gresca como provocación.

Con su estado de ánimo mudaron también sus actitudes, pero sin perder aquel aspecto ridículo, aquel aire cómico que tanto gustaba a los muchachos:

> *Uno, dos, tres,*
> *tuerto es...*

Y él ya no lloraba; se mordía los labios, berreaba, maldecía y amenazaba con los puños apretados.

Mas la cantaleta era tozuda y la voluntad caía en resultados funestos.

Un día echó mano de piedras y las lanzó una a una con endemoniada puntería contra la valla de muchachos que le cerraban el paso; la pandilla se dispersó entre carcajadas. Un nuevo mote salió en esta ocasión:

"Ojo de tirador".

Desde entonces no hubo distracción mejor para la caterva que provocar al tuerto.

Claro que había que buscar remedio a los males. La madre amante recurrió a la terapéutica de todas las comadres: cocimientos de renuevos de mezquite: lavatorios con agua de malva, cataplasmas de vinagre aromático.

Pero la porfía no encontraba dique:

> *Uno, dos, tres,*
> *tuerto es...*

Pescó por una oreja al mentecato y, trémulo de sañas, le apretó el cogote, hasta hacerlo escupir la lengua. Estaban en las orillas del pueblo, sin testigos; ahí pudo erigirse la venganza, que ya surgía en espumarajos y quejidos... Pero la inopinada presencia de dos hombres vino a evitar aquello que ya palpitaba en el pecho del tuerto como un goce sublime. Fue a parar a la cárcel.

Se olvidaron los remedios de la comadrería para ir en busca de las recetas del médico. Vinieron entonces pomadas, colirios y emplastos, a cambio de transformar el cúmulo en espeso nimbo.

El manchón de la inquina había invadido sitios imprevistos: un día, al pasar por el billar de los portales, un vago probó la eficacia de la chirigota:

"Adiós, ojo de tirador..."

Y el resultado no se hizo esperar; una bofetada del ofendido determinó que el grandullón le hiciera pagar muy caros los arrestos... Y el tuerto volvió aquel día a casa sangrante y maltrecho.

Buscó en el calor materno un poquito de paz y en el árnica alivio a los incontables chichones... La vieja acarició entre sus dedos la cabellera revuelta del hijo que sollozaba sobre sus piernas.

Entonces se pensó en buscar por otro camino ya no remedio a los males, sino tan sólo disimulo de la gente para aquella tara que les resultaba tan fastidiosa.

En falla los medios humanos, ocurrieron al concurso de la divinidad: la madre prometió a la Virgen de San Juan de los Lagos llevar a su santuario al muchacho, quien sería portador de un ojo de plata, exvoto que dedicaban a cambio de templar la inclemencia del muchacherío.

Se acordó que él no volviese a salir a la calle; la madre lo sustituiría en el deber diario de surtir las frutas, las verduras y las legumbres a los vecinos, actividad de la que dependía el sustento de ambos.

Cuando todo estuvo listo para el viaje, confiaron las llaves de la puerta de su chiribitil a una vecina y, con el corazón lleno y el bolso vano, emprendieron la caminata, con el designio de llegar frente a los altares de la milagrería, precisamente por los días de la feria.

Ya en el santuario, fueron una molécula de la muchedumbre. Él se sorprendió de que nadie señalara su tacha; gozaba de ver a la gente cara a cara, de transitar entre ella con desparpajo, confianzudo, amparado en su insignificancia. La madre lo animaba: "Es que el milagro ya empieza a obrar... ¡Alabada sea la Virgen de San Juan...!

Sin embargo, él no llegó a estar muy seguro del prodigio y se conformaba tan sólo con disfrutar aquellos momentos de ventura, empañados de cuando en cuando, por lo que, como un eco remotísimo, solía llegar a sus oídos:

> *Uno, dos, tres,*
> *tuerto es...*

Entonces había en su rostro pliegues de pesar, sombras de ira y resabios de suplicio.

Fue la víspera del regreso; caía la tarde cuando las cofradías y las peregrinaciones asistían a las ceremonias de "despedida". Los danzantes desempedraban el atrio con su zapateo contundente; la musiquilla y los sonajeros hermanaban ruido y melodía para elevarlos como el espíritu de una plegaria. El cielo era un incendio; millares de cohetes reventaban en escándalo de luz, al estallido de su vientre ahíto de salitre y de pólvora.

En aquel instante, él seguía, embobado, la trayectoria de un cohetón que arrastraba como cauda una gruesa varilla... Simultáneamente al trueno, un florón de luces brotó en otro lugar del firmamento; la única pupila buscó recreo en las policromías efímeras... De pronto él sintió un golpe tremendo en su ojo sano... Siguieron la oscuridad, el dolor, los lamentos.

La multitud lo rodeó.

—La varilla de un cohetón ha dejado ciego a mi muchachito —gritó la madre, quien imploró después—: Busquen un doctor, en caridad de Dios.

Retornaban. La madre hacía de lazarillo. Iban los dos trepando trabajosamente la pina falda de un cerro. Hubo de hacerse un descanso. Él gimió y maldijo su suerte... Mas ella, acariciándole la cara con sus dos manos le dijo:

—Ya sabía yo, hijito, que la Virgen de San Juan no nos iba a negar un milagro... ¡Porque lo que ha hecho contigo es un milagro patente!

Él puso una cara de estupefacción al escuchar aquellas palabras.

—¿Milagro, madre? Pues no se lo agradezco, he perdido mi ojo bueno en las puertas de su templo.

—Ése es el prodigio por el que debemos bendecirla: cuando te vean en el pueblo, todos quedarán chasqueados y no van a tener más remedio que buscarse otro tuerto de quien burlarse... Porque tú, hijo mío, ya no eres tuerto.

Él permaneció silencioso algunos instantes, el ges-

59

to de amargura fue mudando lentamente hasta transformarse en una sonrisa dulce, de ciego, que le iluminó toda la cara.

—¡Es verdad, madre, yo ya no soy tuerto...! Volveremos el año que entra; sí, volveremos al Santuario para agradecer las mercedes a Nuestra Señora.

—Volveremos, hijo, con un par de ojos de plata.

Y, lentamente, prosiguieron su camino.

LA VENGANZA DE "CARLOS MANGO"

ATARDECÍA en Chalma. Era la víspera del día de Reyes. Sobre las baldosas de cantera rosada que cubren el piso del atrio del Santuario, habían desfilado muchas "compañías" de danzantes: los otomíes de las vegas de Meztitlán ejecutaron, en su turno y al son de tamboriles y pitos de carrizo, el baile bárbaro de "Los Tocotines"; los matlazincas de Ocuilán ensayaron la danza de "La Mariposa y la Flor", con melodías de violines y arpas; los pames de San Luis, cubiertos sus rostros con máscaras terribles y empenachados de plumas de águila, lucieron sus trajes de lustrina morada y amarilla en la danza de "La Conquista", entre alaridos calosfriantes y guaracheo rotundo. Una cuadrilla de muchachas aztecas de Míxquic, llenas de encogimientos y rubores, ofrendaron al trigueño crucificado retablos floridos e incensarios humeantes de mirra. Un caballero tepehua del norte de Hidalgo, metido en levita porfiriana y cubierto con cachucha de casimir a cuadros, había puesto a prueba la habilidad de sus pies desnudos en una pantomima estridente y ridícula. La orquesta de tarascos llegada desde Tzintzuntzan ejecutó durante largas horas "Nana Amalia", esa cancioncilla pegajosa que habla de amores y de "sospiros".

Ahora que atardecía en Chalma, ahora que el estupendo crepúsculo ondeaba en la cúspide de las torres agustinas como un pendón triunfal, estaban en escena los mazahuas de Atlacomulco. Danzaban ellos ante el Señor la farsa de "Los Moros y Cristia-

61

nos", de coreografía descriptiva y complicada; simulábase una batalla entre gentiles y "los doce Pares de Francia", que encabezaba nada menos que el "Emperador Carlos Mango", ataviado con ferreruelo y capa pluvial, aderezada con pieles de conejo a falta de armiños, corona de hojalata salpicada de lentejuelas y espejillos, pañuelo de percal atado al cuello y botines muy gastados, sobre medias solferinas con rayas blancas, que sujetábanse con la jareta de los pantalones bombachos. "Carlos Mango" habíase echado sobre el rostro lampiño unas barbazas de ixtle dorado, y en sus carrillos de bronce, dos manchones de arrebol y un par de lunares pintados con humo de ocote.

El resto de la comparsa lo integraban "moros" por un lado y "cristianos" por el otro, los unos tocados con turbantes y envueltos en caftanes de manta de cielo, en sus manos alfanjes y cimitarras de palo dorado con mixtión de plátano; los otros, apuestos caballeros galos, con lentes deportivos "niebla de Londres" y arrebujados en capas respingonas al impulso del estoque de mentirijillas; monteras de terciopelo con penachos de plumas coloreadas con anilinas, polainas de paño y, por chapines, guaraches rechinadores y estoperoleados.

El aspecto y el ademán de "Carlos Mango" ganaron mi simpatía; lo seguí en todas sus evoluciones, en su incansable ir y venir, en sus briosas arremetidas contra los "infieles", en la arrogante actitud que tomó cuando las "huestes cristianas" habían dispersado a la morisma y al recitar con voz de trueno esta cuarteta:

> Detente moro valiente,
> no saltes el muralla,

y finalmente, cuando una vez terminada la danza, ya al pardear, de rodillas y corona en mano, rendía fervores al crucificado de Chalma en medio de la nave del Santuario. Después lo vi salir altivo, las barbas y la peluca rubias enmarcaban unos ojos negros y profundos; la nariz chata, fuerte, sentábase sobre los bigotes alacranados que se desbordaban sobre una bocaza abierta aún por el jadeo, resultado de la acalorada danza recién concluida.

Salió mi hombre del templo. Pude comprobar cómo su presencia impresionaba, igual que a mí, a sus paisanos los mazahuas que se hallaban dispersos en el atrio. "Carlos Mango" saludaba a la multitud con grandes ademanes; un chiquillo se llegó hasta las piernas robustas del danzante y tocó con veneración las pieles que adornaban el atavío maravilloso; mas "Carlos Mango" apartó con dignidad al impertinente y se dirigió hacia un extremo del atrio, en donde un grupo de mujeres y niños habíanse acurrucado unos en otros, echados sobre el suelo, tratando de conservar lo mejor posible el calorcillo que generaba la hoguera a la que alimentaban con ramas resinosas.

A poco, mi admirado personaje hacía añicos sus propios encantos. Ante mis ojos sorprendidos, el hombre se arrancó la artificiosa pelambre alazana y quedó convertido en un anciano de rostro cansado y lleno de hondas arrugas; en su boca había relajamientos de vejez y sólo sus ojos manteníanse vivos, brillantes. Una mujer lo ayudó a despojarse de los ostentosos ropajes, para dejarlo en calzón y camisa de manta; otra de sus acompañantes, muy solícita, echó sobre los hombros del viejo un pesado poncho de lana. Junto a mí, que no perdía detalle de la escena, dos indios ebrios comentaron:

—Ora sí que s'iacabó el Carlos Mango...

—Sí, ahoy ya volvió a ser el pinche de mi compadrito Tanilo Santos... Y Tanilo Santos, entre tanto, buscaba el calor de la lumbre y dejábase mirar de la gente que lo rodeaba.

La noche de enero se había echado encima; los luceros del cielo invernal de Chalma cintilaban, igual que los espejos y las lentejuelas que ornaban las monteras y las esclavinas de "los doce Pares de Francia".

"Nada atrae más en la noche que una fogata"... Al menos esa reflexión me sirvió para acercarme al corrillo de indios del que era centro Tanilo Santos.

"Nada más estimulante de la amistad y de la cordialidad que un buen trago de mezcal"... Al menos esa convicción me hizo tender la botella a Tanilo Santos, quien aceptó el convite en silencio y lo generalizó a las viejas que lo rodeaban; todos llevaron la botella a sus labios. Cuando Tanilo Santos se convenció de que nadie quedaba sin beber, limpió con la palma de su mano la boca de la botella y me la devolvió, sin pronunciar palabra... Yo tuve entonces la seguridad de que Tanilo Santos había mordido la carnada y estaba íntegro en mis manos.

Mañosamente me separé del grupo y me dirigí hacia la balaustrada del atrio que mira al río. A mis pies el torrente rugía, las aguas bravas tomaban la curva para abrazar al templo que se antojaba clavado en un islote; en la otra banda, el monte espeso y sobre él, un velo de paz... Ahí aguardé confiado que mi artimaña surtiera efecto.

Pasaron largos minutos sin que ocurriera la reacción esperada... De frustrarse, era necesario urdir otra patraña para ganarme la confianza del tal Tanilo Santos. Me interesaba hablar con él, dentro de mi proyectado estudio en torno del concepto que de la divinidad tienen los indios de la altiplanicie... En Tanilo Santos había yo creído descubrir al tipo entre patriarca y santón, entre autoridad y hechicero, con influencias absolutas sobre su gente y, por todo ello, magnífico informante.

Ya desesperaba viendo en falla mi primer intento de trabar charla con el viejo mazahua, cuando lo miré ponerse en pie y embozarse en su poncho; luego, simulando gran indiferencia, echó a andar hasta llegar a la balaustrada, pero bien distante de mí. Así se acodó, miró las estrellas un buen rato, después volvió los ojos a la negrura donde el río se debatía y acabó por lanzar un guijarro entre las sombras. Yo lo miraba de soslayo, fingiendo no haber reparado en él; sabía que de un momento a otro Tanilo Santos vendría con ánimos de reanudar sus relaciones amistosas con... la botella de aguardiente. Pero ya estaba junto a mí; entre sus dedos palpitaba luz una luciérnaga. El hombre obsequiosamente me tendió el insecto, al tiempo que decía:

—Póngala su mercé en su sombrero.

Lo complací, pero la luciérnaga, al verse libre, emprendió el vuelo; allá fue río traviesa, era estrellita fugaz de trayectoria horizontal.

Tanilo Santos reía alegremente; yo aguardaba su demanda engreído por mi triunfo.

—¿Va su buena persona a esperar a los de Xochimilco?

—Sí, quiero oírlos cantar sus "Mañanitas al Señor"...

—Van a llegar al alba...

—Para uno que madruga, el otro que no se acuesta... Además la noche está hermosísima.

Tanilo Santos lió un cigarrillo de hoja e hizo el socaire con sus manos para encenderlo entre enérgicas y ruidosas chupadas.

—¿Qué dice Atlacomulco, Tanilo Santos? —pregunté.

—Humm... Pos allá se quedó —repuso el viejo un poco desconfiado. Luego, tornando a su aspereza, se volvió hacia el río, escupió grueso y echóse sobre la barda de piedra ignorándome absolutamente.

Creí llegado el momento de esgrimir un recurso heroico: extraje del bolso trasero de mi pantalón la botella de aguardiente; la puse frente a mis ojos, la agité, le quité el corcho y olí, hice muestras muy elocuentes de mi delectación; pegué un trago, chasqueé la lengua... Todos estos movimientos fueron seguidos por la vista de Tanilo Santos, parecía un perro hambriento que aguarda el bocado. De pronto habló: —¿Y qué dice México, patroncito?

—Pues allá se quedó —repuse secamente al tiempo que sepultaba en mi bolsillo la botella. Sin más, me volví hacia el río.

Tanilo se quedó desconcertado, lo que me confirmó en mi opinión de que las cosas iban a pedir de boca.

—Porque allá en Atlacomulco andamos un poco chuecos, sabe usté... —siguió Tanilo—. A eso casualmente hemos traído la compañía. Es que don Donato Becerra se ha puesto muy malito y no lo salvará más que un milagro del Santo de Chalma... A eso hemos venido todos en junta; a pedirle que nos lo alivie... ¿Hace su frillito, verdá?

—Hace —contesté.

Entonces creí oportuno sacar a Tanilo Santos del suplicio y con ello estimular su lengua. Le tendí la botella, él bebió concienzudamente; cuando se limpiaba sus labios con el dorso de la mano, me devolvió la botella; apenas la tuve conmigo, cuando ya el indio me había volteado las espaldas para tornar a su mutismo anterior.

Esperé con calma una nueva insinuación o una franca solicitud para repetir el trago; pero éstas no llegaron con la premura que hubiese yo deseado.

Una voz de mujer llamó a Tanilo Santos; él rezongó un monosílabo y quedóse inmóvil, echado sobre la barda. Hubo otra nueva demanda de parte de las mujeres, que el viejo contestó en términos tan rudos, tan categóricos, que a leguas se adivinaba su significado aun desconociendo, como en mi caso, el onomatopéyico idioma mazahua. En el corrillo hubo murmullos y llantos de niño; mas Tanilo Santos permaneció impávido.

Entre él y yo se mantenía el silencio, tal si se hubieran desvalorizado totalmente mis añagazas urdidas con el sano designio de trabar amistad con Tanilo Santos, quien a medida que pasaba el tiempo volvíase más arisco. Ahora estaba encogido, hecho un ovillo liado en su poncho de colores; tosía de vez en cuando. Llegó un momento en que creí que el indio se había olvidado de mí; entonces, para recordarle mi presencia, salté hasta quedar sentado en la barda; columpié los pies y me puse a chiflar "Nana Amalia". De pronto, cuando todo lo creía perdido, Tanilo Santos volvióse hacia mí:

—¡Esas viejas! ¿No sabe su mercé de un buen remedio para la muina? Creo que se me han derramao las bilis...

—Hombre —le respondí alegremente—, para todo mal, mezcal.

Volví a entregarle la botella; reconocí que esta vez tendría que ser más adulador con Tanilo Santos, y cuando después de trasegar un trago a gorgoritos, insistí en que diera otro, ni este convite, ni el que siguió fueron despreciados. Tanilo Santos intentó volver a su aislamiento, mas su euforia lo traicionó: —Este milagro sí que no nos lo negará el Señor de Chalma... Gastamos más de doscientos pesos en la caminata y en arreglar la danza... ¡Usté dirá! Todos sabemos que este Señor, aunque es milagriento como todos los diablos, se ha hecho muy carero... Pero yo crio'que el servicio que le pedimos queda muy bien pagado. ¿Verdá?

—Es claro —repuse—. ¿Me decía usted que viene a implorar por la salud de un prójimo?

—Por la salú de don Donatito Becerra... Todos los mazahuas de Atlacomulco hemos venido al Santuario no más en ese menester, pa qu'es más que la verdá. Vea su güena persona, semos millones —y señaló a los hombres que en grupitos salpicaban el atrio de Chalma; algunos dormían, otros en hierática actitud, sedentes, silenciosos, envueltos en sus sarapes, iguales, manchones sin volúmenes aparentes, fragmentos de greca o frisos oscuros que enmarcaban al sugestivo espectáculo de las fogatas.

—¿Quieren mucho a don Donatito Becerra? —pregunté.

—Es bueno que se alivie —contestó el indio tras de meditar un poco la respuesta, luego añadió—: ¡Este diosito de Chalma no se va hacer el faceto...!

—¿Donato Becerra es amigo de los mazahuas? —torné a preguntar.

—¿Pa qué quere usté saber? ¡No sea curioso! Se

lo cuento y a lo mejor va usté con el argüende a Atlacomulco.

—No, no me interesan tanto las cuestiones de ustedes. ¿Se echa otro trago, Tanilo Santos?

—Pos ya que usté si'arma, que venga el último, hay que dejar los asientos pa l'amanezca... ¿O qui'opina?

Y la lengua de Tanilo Santos volvió a aligerarse.

—Hace dos meses que don Donatito cayó en el ejido mazahua de "Gracias a Dios", arrió con todos los marranitos y las terneronas y le dio de guamazos al compagrito Cleto Torres... Cuando juimos todos en junta a poner la queja al Munecipio, don Donatito dijo que no y que no... que eran puras levas de l'indiada. ¡Hágame el favor!... Pero áhi nomás que le cain en su carnicería... Ansinota era el jierro de mi compagrito Cleto Torres que tenían los cueros de las reses recién destazadas... Pos dijo que no y que no el indino de don Donatito y tanto juntó po'aquí y tanto regó pua'cá, que acabó por sembrarnos en la cárcel a mí y a mi compagrito Cleto Torres.

—Bueno, ¿pero es verdá todo eso, Tanilo Santos?

—Humm, yo no echaría mentiras tan cerquita del Siñor de Chalma... Pero eso no es nada. L'otro año se le metió al endino quesque ser deputao; entonces si nos tráiba a los mazahuas muy consentiditos. Que Tanilo Santos pua'quí, que Tanilo Santos pu'acá... Yo, buen baboso, le arrimé harta gente... ¡Millones, pa'qué's más que la verdá! Había que ver esa plaza de Atlacomulco llena de burros y de cristianos... Mucho pulque, buena barbacoa, hartas tortillotas de máiz pinto. Camiones y carretas a los pueblos pa'carriar a la raza; nos embriagó bonito y nos dio de tragar hasta que se

69

nos hizo bueno, lo que sea hay que decirse... Pero áhi nomás que le sale otro candidato, a ese le decían el PRI, y naiden en todo el plan lo conocía... Pero de todas maneras a don Donatito ni los güesos le tronaron. Luego que pasó la cosa, don Donatito echaba lumbre por las orejas —¡viera usté nomás!— Y lleno de muina nos mandó en rialada. Ganamos a pata pa los ranchos... En el mero Cerrito Quemado nos agarró un aguacero que pa qué le cuento a usté... y desde entonces don Donatito no si'acuerda de sus majes, si no es pa trasquilar la borregada... Dice que la Revolución y que la Revolución y que el pobretariado nacional y quesque el Sinarquismo, y al son de su argüende no sabe más que atornillarnos por onde puede... Ahi'stá lo que pasó en Tlacotepé... don Donatito se les metió al rancho de Endhó, sacó a los inditos quesque p'hacer colonos a los ricos del pueblo... Claro que él se echó al pico los potreros mejorcitos, al son de qu'es amigo de los probes, de esos probes que andan pidiendo limosna ahoy en el mercado de Tlacotepé, nomás por culpa de don Donatito...

"Pero pior les pasó a los de Orocutín... Don Donatito andaba apasionado de una tórtola chula, pero que no le daba d'alazo al viejo, como luego dicen... Pos áhi tiene usté que una noche apareció por el rancho de Maguey Blanco, onde dormía la güilota, y cargó con ella... Entonces dejó malherida a Jelipa Reyes, la madre, y amarró a Ruperto Lucas, el padre, después de jincarle una santa cueriza... A los seis meses volvió la tórtola a Maguey Blanco, ansina de panzona... La mandó a pata y sin más bastimento que'l que llevaba adentro...

"Total, que por sus malas mañas, don Donatito Becerra es el hombre más rico del pueblo... ¿Y qué er'antes? Pos triste jicarero de la casilla de mi compagrito Matías Lobato."

—Pero —pregunté— ¿no me dijo usted que don Donato Becerra está enfermo?

—Enfermo de mala enfermedá... Verá, en junta todititos los mazahuas, pos de plano resolvimos acabar con don Donatito, a qu'en Dios guarde algunos meses más siquera... La suerte quiso que los que le sonaran jueran los de Tlacotepé... y l'otra noche, cuando el hombre estaba borracho, un pobrecito garriento se le arrimó y le pidió unos centavos; cuando don Donatito echaba mano a la bolsa, pos nomás le brotaron tres manchotas de sangre en el lomo... Del pobrecito garriento pos ni se supo onde jué a parar. Muy malo si'ha puesto el cristiano, pero ni nosotros los de Atlacomulco, ni tampoco los de Orocutín, queremos que se pele. Si si'alivia, pos la suerte quiso que jueran los de Orocutín quienes le den otra vez pa sus tunas... Y si por el milagro que ahoy le venemos a pedir todos en junta al Siñor de Chalma, don Donatito queda con vida, nosotros los de Atlacomulco seremos los que le suénemos, entonces sí, hasta que se le frunza pa siempre... Ora sí que, como dijo el dicho, "a las tres va la vencida"...

—La cosa está complicada, Tanilo Santos...

—Ni tanto... ¡El Siñor de Chalma es carero, pero cumplidorcito!

Amanecía en Chalma. Era el seis de enero, día de Reyes; por la vereda bajaban los de Xochimilco; un bosque de fragancias, una masa de colores y un eco de alabanzas los envolvía, en tanto los cohetes se elevaban hasta reventar en el cielo, como las urgidas preces de los mazahuas, de los tarascos, de los otomíes, de los pames, de los matlazincas...

71

NUESTRA SEÑORA DE NEQUETEJÉ

EL "TEST" de la psicoanalista nos interesó a todos. Ella había llevado a la expedición un álbum con reproducciones de obras maestras de la pintura. Ahí estaban, por ejemplo, la rolliza y saludable Lavinia de Ticiano; el Napoleón de David con el índice erecto, el gesto brioso y jinete en potro plateado; la Gioconda de Leonardo de Vinci, sonriente al arcano; la Isabel de Valois, a quien Pantoja de la Cruz colmó de prestigio y realeza en mueca y joyas; el "Hombre" visto por Theotocópuli; el "Sollozo" de Siqueiros, donde la mujer empuña el dolor en escalofriante actitud; el patético "Tata Jesucristo" de Goitia; el "Zapata" de Diego, santón bigotudo, baqueano de hambrientos y portaestandarte de causas albeantes como los calzones blancos y la blanca sonrisa de los indios; la "Trinchera", encrucijada de tragedia y nidal de maldiciones, en que José Clemente Orozco vació la intención en forma y erigió la protesta en colores y, en fin...

Los indígenas de aquel lugarejo —Nequetejé—, de aquella aldehuela perdida en las rugosidades de la Sierra Madre, miraban y miraban con admiración callada las láminas que despertaban en ellos excelencias y calidades agazapadas entre el moho de sus afrentas y el humazo de sus recelos. La vista punzante sobre los cromos y en las pupilas dilatadas por el pasmo, las gamas, los tonos y las formas reflejadas con la misma saña, con la misma furia con que el impacto estético había lesionado más los corazones que los cerebros.

72

Después del asombro, una reacción nueva que ya no era el aturdimiento ni la maravilla, sino el estupor hierático, sordo, desconcertante.

Cuando la psicoanalista arrancaba de su arrobamiento a los sujetos, con preguntas tendientes a clarificar los enigmas, los indios no eran elocuentes: dos o tres monosílabos jalados con trabajo, que denotaban evidentemente una predilección hacia la forma sobre el color, al que hacían —en su valoración de la obra de arte— preceder a la composición y al significado, los que, en todo caso, tomaban un sitio menor en sus apreciaciones, quizás por lejanía o tal vez por armonía de concepto... Pero lo que resultaba inconcuso, era el interés que aquellas geniales máculas despertaban en los llamados "primitivos" por los antropólogos, "retrasados", según el concepto de los etnólogos, o "prelógicos" en opinión de nuestra gentil compañera de investigación, la freudiana psicoanalista.

Era de ver cómo los padres llevaban en caravanas a los hijos, cómo los ancianos dirigían sus trémulos pasos hacia la escuelita rural en donde habíamos instalado nuestro laboratorio, cómo todos se echaban sobre el pupitre en el que descansaba el álbum y cómo cada estampa era recibida con emoción general que hacía rumor y provocaba palpitaciones inocultables. Había en particular una lámina que incitaba la admiración colectiva:

"Ésa es la más chula"... "La más galana", solía escucharse cuando pasaba ante los ojos alucinados.

"Linda como ninguna", decían voces ensordecidas de timidez... Y la Gioconda acentuaba su mueca absurda de esfinge sonriente, elocuentemente indescifrable; luminosamente oscura. "Es la más hermosa."

Ante la clara tendencia, la psicoanalista hacía un alto y entregaba la emoción de los indios a nuestro estupor... Era cuando ella, igual que Monna Lisa, sonreía, pero con una sonrisa inocua y transparente, sonrisa de triunfo, porque, según su ciencia y su saber, había agarrado el cabo al complejo colectivo.

Ya en México visité un día a la psicoanalista; deseaba ardientemente conocer las conclusiones alcanzadas con el "test" de la pintura. Ella se mostró animosa y optimista, porque la prueba había resultado convincente; los indios pames admiraban la forma y gustaban del color, al tiempo que desdeñaban las excelencias de la composición y no advertían, tal vez, el fondo del concepto creador...

Pero había algo que positivamente significaba una diversificación curiosa, una peculiaridad que no cabía en las estadísticas, que era imposible transformarla en guarismos e incrustarla entre las austeras columnas que formaban en los cuadros y en los estados; era algo que escapaba al método, que huía de la técnica en la misma forma en que un pensamiento resbala ante un detector o una fragancia escurre frente al ojo de una cámara oscura. Era la admiración, el anonadamiento que la Gioconda produjo en el ánimo de los pames.

—Es positivamente extraño, porque ni es la más brillante en cuanto a color, ni es tampoco la más sugestiva en la forma. Lo que los ha impresionado de la obra maestra de Leonardo es quizás su equilibrio, su serenidad... —me atreví a conjeturar.

La psicoanalista sonrió ante. mis empíricas estimaciones; había en su actitud un aire de compasión, un gesto de misericordia zaheridora, que me hicieron enmudecer. Entonces ella, frente a mi perplejidad, dio a luz su teoría.

—Se trata, amigo mío, de un estado neurótico colectivo... de una etapa bien definida dentro de la biogenética. Sí —reafirmó—: el primitivo, con su alma encapotada de misterio, ofrece sorpresas apasionantes... Su pensamiento es tenebroso para el resto de los demás, por contradictorio. El primitivo, como el niño, goza sufriendo, ama odiando y ríe gimiendo. Nuestros indios de Nequetejé no podrían escapar a la ley psicológica. El hombre bárbaro contemporáneo nuestro es un racimo de complejos; razona por simple análisis, porque carece del don de la síntesis, que es el patrimonio de las altas culturas. En este caso, han quedado hechizados —no es otra la palabra— por la imagen de la Gioconda. En ella se han visto como si el pueblo entero hubiese pasado, uno por uno, frente a un espejo. ¿No hay en el gesto indefinido, indeciso de Monna Lisa un soplo de arcano semejante al que palpita en una sonrisa de indio o en la mueca que antecede al llanto de un niño? ¿No advierte usted en la frente de la Gioconda la serenidad que campea en el rostro de los pames? ¿No le recuerda la amarillenta epidermis de ella el color de la carne de nuestros indios? ¿No es su tocado semejante al de las mujercitas de Nequetejé? ¿No son los paños que exornan la maravillosa creación semejantes al traje de gala que lucen las indias en días de fiesta? ¿No le recuerda el paisaje de fondo, roquerío bravo, al panorama yermo de la sierra pame?

—En verdad —contesté un poco desconcertado—, todo eso me parece muy sugestivo, pero...

—Va usted a verlo, busquemos la reproducción y usted mismo comprobará lo dicho por mí.

Y los dedos finos y acicalados de la mujer se dieron a hojear el álbum en busca de la Gioconda. Pasó ante nuestros ojos una vez, dos veces, toda la colección de láminas sin que entre ellas apareciera la buscada.

La joven técnica clavó en los míos sus ojos llenos de sorpresa, al tiempo que me decía casi con entusiasmo:

—¡Ha desaparecido...! ¡Se la han robado, ve usted!

—¿Pero está usted segura de que fueron los indios?

—Sí, absolutamente segura; nadie más que yo ha tocado el álbum desde nuestro regreso de Nequetejé. Yo misma no lo había hojeado después de la última prueba... No me cabe duda, ellos han sido... Mire, para no estropear el cromo, han tenido que remover los tornillos... Oh, sí, a éste le falta una tuerquita, quizás no tuvieron tiempo de enroscarla...

—Es lamentable que se haya descompletado tan precioso "test" —dije yo neciamente.

—El hecho es elocuentísimo y, para alcanzarlo, daría yo una docena de álbumes como éste... ¿No se da usted cuenta de que el robo confirma plenamente mi deducción de psicología colectiva?

Después, ignorándome, ella abrió un cuaderno y se enfrascó en un mar de anotaciones.

Un año más tarde hubo necesidad de hacer algunas enmiendas y verificar ciertos informes vagos para publicar el fruto de nuestras investigaciones; entonces volví a Nequetejé. Esta vez recibí albergue en la sacristía de la capilla. Ahí se me improvisó una alcoba incómoda, sórdida y fría. El capellán, recién llegado también, era un viejecito amable y

76

hospitalario, con el que desde el primer momento hice amistad. Me informó que hacía veinticinco años que los pames de la región no habían tenido párroco y que él se había echado a cuestas la tarea de reorganizar la iglesia y sus servicios.

—Qué triste ha de ser, señor, vivir en tan apartado y solitario lugar —le dije.

—El pastor, amigo mío —me contestó—, no mira al paisaje cuando el rebaño es grande y asustadizo.

Salí a la placita de la aldehuela para disfrutar unos instantes de la frescura bajo la sombra de los fresnos. Pronto mi presencia intranquilizó a la gente. Una anciana se llegó hasta mí y con voz plañidera me dijo:

—Todos sabemos a lo que vienes, cuídate...

Y sin esperar más, se marchó pasito a pasito. Sus pies, desnudos y entorpecidos, mejor que huellas hacían surcos sobre la faz del arenal.

Luego fue un hombre adulto y mal encarado quien se acercó a mí; de su hombro izquierdo pendía un machete campero.

—Si te sales con la tuya, pagarás con el pellejo —dijo con un acento ronco e inhábil.

—¿Pero de qué se trata? —pregunté.

—Sólo eso te digo... Si te encaprichas, no saldrás con vida de Nequetejé —agregó en tono determinante.

Después escupió grueso y se marchó.

A poco, grupitos pavorosos de tres o cuatro hombres me rodearon; en las puertas de los jacales las mujeres me veían con ojos poco tranquilizadores. Me acerqué a una de ellas y, ante su insistencia en mirarme, le pregunté:

—¿Qué me ven?

—No más pa mirar, a qui'horas te lo mueres,

ladrón —contestó con una sonrisa aguda como la espina de un maguey.

El crepúsculo irrumpía entre un bosque de gorjeos y de rumores. Sonó la primera llamada al rosario. Aproveché el instante en que la paz se cuajaba al conjuro de la esquila y me dirigí a la sacristía. En esos momentos, el capellán se calaba el sobrepelliz percudido y echaba sobre su nuca la estola trasudada y raída. Me sonrió al tiempo que comentaba:

—En estos andurriales, hasta los oficios eclesiásticos resultan una distracción... ¿No es verdad, hijo mío?

Yo no respondí. Fui hacia el templo. Fragancias de copal y mirra dieron contra mis narices; volutas de humo subían desde los incensarios y braseros hasta la bóveda, que cubría a una multitud prosternada y en actitud de fe inenarrable. Media centena de fieles de todas edades se asociaban en un culto común, categórico, contagioso. La iglesia era paupérrima; muros encalados, pisos de ladrillo poroso y revenido, ventanas apolilladas y vidrios estrellados; presbiterio estrecho y deslucido altar de yeso descascarado y tabernáculo humedecido y negro. Un cristo moreno, menudito e indiado, pendía de una cruz forrada con rosas de papel desteñido. El resto del templo desnudo, gélido, miserable... menos un retablo enclavado en el crucero, hacia la derecha. Ahí había un ascua parpadeante, solemne, que nacía de velas y candilejas: el altarcillo exornado con un mantel blanquísimo, bordado ricamente; esferas multicolores, ramos de verdura y florecillas montaraces, y arriba, una imagen enmarcada en un cuadro de recia madera de mezquite, del que pendían manojos de exvotos de plata...

¡Pero qué veían mis ojos...! Sí, era ella, nuestra Gioconda, la imagen robada del "test" de la psicoanalista. Sí, no cabía duda, ahí estaba, deificada y otorgando mercedes a su grey, como lo demostraba la argentina milagrería que colgaba del ancho marco y el fervor con que aquella gente se postraba a sus plantas.

Los fieles habían dado la espalda al cristo indiano para entregar el rostro a la estampa florentina, de la que la mística se había prendido con increíble fortaleza. Contemplé breves instantes aquel hecho, mas pronto me di cuenta del peligro que yo corría, cuando aquella pequeña multitud se diera cuenta de mi presencia y supusiera que venía a rescatar el cromo robado y llevarlo conmigo. Di media vuelta y torné a la sacristía. Cuando el capellán advirtió mi turbación, me habló del caso:

—Sí, amigo mío, es todo un acontecimiento pagano... Tanto como usted, conozco el origen del cromo. Cuando llegué a este pueblo ya lo encontré entronizado y en el acto traté de retirarlo de la iglesia, pero el intento se frustró frente a una oposición que llegó a tener características agresivas. La llaman Nuestra Señora de Nequetejé y aseguran que es milagrosa como ninguna advocación de la Virgen Santísima; su culto se ha extendido entre los indígenas de muchas leguas a la redonda, que vienen a verla en procesiones, en peregrinaciones nutridas y fervorosas; le cantan loas frente a su altar y ejecutan en honor de ella danzas pintorescas. Sienten por el cromo devoción ciega que será muy difícil arrancarla de los corazones, a riesgo de que en el intento se lesione un sentido generalizado y por eso respetable. Ahora, débil de mí, soslayo el problema y me preparo para encauzar esa fe hacia la verdad, un día, cuando el Señor me lo permita... Mientras tanto, los dejo en su inocente error. ¡Si hago mal, que Dios me lo perdone!

Dentro de la capilla había brotado un coro de alabanzas a la virgen pura e inmaculada. Monna Lisa, la casquivana, la jovial mujer del viejo Zanobi el Giocondo, sonreía a esta nueva aventura, la más portentosa de su historia, más sublime que aquella en que el genio del de Vinci la iluminó con luces inmortales, más extraordinaria que su sonado rapto del Museo del Louvre... Ahora, en Nequetejé, hacía milagros y le atribuían, con la virginidad, ser madre de Dios.

En el laboratorio de México, la investigación pretendía haber extractado en una cifra escueta, en un número muchas veces menor que la unidad, toda la sustancia del hecho para ilustrar con él una conclusión científica, que exhibiera ante propios y extraños el alma de los indios de México.

Mientras tanto, allá en Nequetejé, arden los cirios del fervor y las lámparas alimentadas con la esencia de la esperanza.

LA CABRA EN DOS PATAS

En un recodo de la vereda, donde el aire se hace remolino, Juá Shotá, el otomí, echó raíces. Entre el peñascal, donde el sol se astilla, el vagabundo hizo alto. Una roca le brindó sombra a su cuerpo, como el valle le ofreció reposo y deleite a su vista. En torno de él, las cañas de maíz crecían si acaso dos cuartas y se mustiaban enfermas de endebleces. El indio fue testigo impávido de las lágrimas y del sudor vertidos sobre la sementera para apagar la sed de los sembradíos y el hambre de los sembradores.

Pegado a la roca, aclimatado como los árboles peruleros, viviendo como el maguey, sobre la epidermis de un manto calcáreo, Juá Shotá hacía su vida a un ritmo vegetal.

Ofrecía al peregrino una jícara de pulque, en los precisos instantes en que las piernas flaqueaban y la lengua se pegaba al paladar. La gratificación por el servicio era modesta, aunque constante, tanto, que un día del peñasco brotó un techado que era flor del temple, nata del clima. Un techado que se ofrecía todo al caminante, quien nunca soslayaba la satisfacción de permanecer un ratito bajo su sombra.

Cuando al fondo del jacal apareció un armazón de maderas atados con cabos de fibra de lechuguilla y sus huecos cubiertos con botellas de etiquetas policromas: "limonada", "ferroquina", "frambuesa", o con paquetes de cigarrillos de tabaco bravo o con latas de galletas endurecidas o con mecapales y

81

ayates —utensilios estos últimos indispensables en el ventorro, cuya clientela de cargadores y buhoneros los reclamaba—, entonces llegó María Petra, obediente al llamado de Juá Shotá, su marido.

Una tarde, de entre los peñascos, como un hongo, surgió la mujer. Venía fatigada; sobre su frente caían madejas negras de pelo; su cuerpo trasudaba la manta que lo cubría; los pies endurecidos se montaban alternativamente uno sobre otro buscando descanso. Doblegada por el peso de la impedimenta envuelta en un ayate, las tetas campaneaban al aire. La viajera no traía las manos vacías; en ellas jugaba un malacate que torcía, torcía siempre un cordel que acariciaba pulgar e índice: hilo de ixtle, que es urdimbre y es trama de la vida india.

Juá Shotá salió a su encuentro y tuvo para ella palabras de bienvenida. Luego preguntó por algo que no veía; ella, haciendo una mueca, se descargó y del bulto extrajo un atado del que brotaban vagidos. A poco Juá Shotá acariciaba a la hija desmedrada y feúcha María Agrícola.

La madre, sin osar mirarlos, sonreía.

La grieta donde se encajaba la vereda se fue ensanchando al paso del atajo de años. La venta de Juá Shotá había crecido y cobrado crédito: caminante que pasaba por aquella vía huraña, caminante que detenía su paso en el tenducho para echar al gaznate un trago de aguardiente o para refrescarse con una tinajilla de pulque. Juá Shotá era ya un hombre gordo, de ademanes y decir desparpajados. Vestía ropa blanquísima y calzaba huaraches de vaqueta. Para estar a la altura de su nueva condición, había traducido su patronímico, ahora la clientela lo conocía por don Juan Nopal. En cambio, María

Petra se agostaba en las duras labores de puerta adentro, en lucha eterna con los pétreos cachivaches que formaban el menaje doméstico.

La niña creció entre riscos y abras. Sus carnes cobrizas asomaban por entre los guiñapos que vestía, la cara chata hacía marco a los ojos de cervatilla y su cuerpo elástico combinaba líneas graciosas con rotundeces prietas.

María Agrícola vivía aislada del mundo; don Juan Nopal y María Petra, el uno absorbido por las atenciones del ventorro y la otra entregada a los cuidados del hogar, se olvidaban de la rapaza, quien pasaba todo el día en el campo. Allí corría de peña en peña, mientras llevaba el ganado al abrevadero. Comía tunas y mezquites; reñía con el lobo, espantaba al tigrillo y lapidaba, despreciativa, al pastor su vecino que con sospechosas intenciones trató, más de una vez, de salirle al paso. Cuando la tarde se iba, echaba realada y canturreando una tonadita seguía a su rebaño, para dejarlo seguro en el corral de breñas, no sin antes conjurar a las bestias dañinas con palabras solemnes y misteriosas. Entonces regresaba a casa, consumía una buena ración de tortillas con chile, bebía un jarro de pulque y se echaba sobre el petate, cogida por las garras del sueño.

La clientela de don Juan Nopal iba en aumento. Por la venta desfilaban los caminantes: arrieros de la sierra, mestizos jacarandosos y fanfarrones, que llegaban hasta las puertas del tenducho, mientras afuera se quedaban pujando al peso de la carga de azúcar, de aguardiente o de frutas del semitrópico, las acémilas sudorosas y trasijadas. Aquellos favorecedores charlaban y maldecían a gritos, comían a grandes mordidas y bebían como agua los brebajes alcoholizados. A la hora de pagar se portaban espléndidos.

O los indios que cargaban en propios lomos el producto de una semana entera de trabajo: dos docenas de cacharros de barro cocido, destinados al tianguis más próximo. Ocupaban aquellos tratantes el último rincón del ventorro. Ahí aguardaban, dóciles, la jícara de pulque que bebían silenciosamente. Pagaban el consumo con cobres resbaladizos de tan contados, para irse, presto, con su trotecillo sempiterno.

O los otomíes que, en plan de pagar una manda, caminaban legua tras legua, llevando en andas a una imagen a la que escoltaban diez o doce compadritos, los que, por su cuenta, arrastraban una ristra de críos, en pos del borrico cargado con dos botas de pulque cada vez más ligeras, ante las embestidas de los sedientos. Entonces los cohetes reventaban contra el cielo, las mujeres gimoteaban llenas de piedad y los hombres alternaban alabanzas con canciones muy profanas, acompañadas por una guitarra sexta y un organillo en melódica pugna. Llegados a donde Juan Nopal, se olvidaban del pulque para dar contra el aguardiente. A poco aquello echaba humo; los hombres festejaban a carcajadas la fábula traviesa y la ocurrencia escatológica o se empeñaban en toscos juegos de manos. Las hembras se apretaban unas contra otras y, con la vista vidriada por las lágrimas vertidas, seguían bebiendo con el mismo fervor con que elevaban plegarias y jaculatorias. El santo de las andas yacía maltrecho en medio del recinto.

O la caravana que acompañaba a un cadáver de tres días, encaramado sobre los hombros de los deudos que íbanse turnando periódicamente. A un ca-

dáver que había trepado montañas, atravesado va-
lles, vadeado ríos y oscilado en la negrura de los
abismos, con afán de cortar la distancia medianera
entre el pueblito perdido en la sierra y la cabecera
del municipio donde el "derecho de panteones"
constituía el tributo más productivo. Esta multitud
doliente llegaba a la casa de Juan Nopal y, después
de repetidas libaciones por "la salud del fiel di-
funtito", limpiaba la bodega, mientras el féretro,
tendido en medio camino, tronaba macabramente.

Con aquella clientela, Juan Nopal hacía su vida.
La paz cubría el techo del hogar montero. El ho-
rizonte se hacía mezquino, porque se estrellaba en
la falda del cerro interpuesto entre los terrenos del
otomí y el valle anchuroso.

Cuando aquella pareja instaló su tienda de campaña frente al ventorro de Juan Nopal, éste, sin
saber por qué, sintió hacia los recién llegados una
gran simpatía. El hombre era de un color blancu-
cho, prominente abdomen y movimientos un poco
amanerados. Usaba lentes como aquellos tipos que
tanto hacían reír al indio, cuando los miraba retra-
tados en los periódicos que casualmente llegaban a
sus manos.

Todas las mañanas, el nuevo vecino salía paso a
paso en busca de piedras, que traía después a su
tienda. Por las tardes remolía los pedruscos y observaba el polvo cuidadosamente.

Ella era una joven delicada y tímida. Su físico
no cuadraba con la indumentaria: pantalones de
burda tela que hacían resaltar grotescamente las
protuberancias glúteas, para regocijo de Nopal y
de su clientela; botas de cuero aceitado y un sombrero de paja que se ataba al cuello con un listón

85

rojo. Sin embargo, cuando el dueño del ventorro observaba las desazones que la vida cerril provocaba a la mujercita, sentía por ella inexplicable compasión.

El hombre parecía más acostumbrado a las molestias de la rusticidad; iba y venía con pasos inalterables. En ocasiones cantaba con voz ronca y potente algo que a Juan Nopal le parecía muy cómico.

Las actividades del extraño tenían intrigado al indígena. Los arrieros serranos le dijeron que, por las botas, los pantalones bombachos y el sombrero de corcho, se podía sacar en claro que el vecino era ingeniero. Desde ese día don Juan Nopal señaló al hombre de la casa de campaña con el nombre de "ingeniero".

Una tarde, María Agrícola llegó sofocada.

—Eh, viejo —dijo al padre en su lengua—, ése, al que tú llamas ingeniero, me siguió por el monte.

—Querría que le ayudaras a coger esas sus piedrotas que a diario pepena...

—¿Piedrotas? No, si parecía chivo padre... Daban ganas de persogarlo con bozal debajo de un huizache y voltearle en el lomo un cántaro de agua fría...

Los ojos del indio se encapotaron.

El "ingeniero" entró en la venta. Pidió limonada y empezó a beberla lentamente. Habló de muchas cosas. Dijo que era minero, que venía a buscar plata entre el lomerío. Que su esposa lo acompañaba nada más para servirlo... Que era rico y poderoso.

El indio sólo escuchaba: "Puesto que mucho habla, mucho quiere" —rumiaba para sí la sentencia que le enseñaron sus padres—. "Pero el que mucho habla, poco consigue", agregaba como coletilla de su propia cosecha.

Cuando María Agrícola pasó frente a ellos, el indio notó en el "ingeniero" un sacudimiento y descubrió en sus ojos el brillo inconfundible.

Al otro día, el hombre repitió la visita, sólo que esta vez venía acompañado de su esposa. A don Juan Nopal le cautivó la suavidad de modales de la hembra, igual que la tristeza que había en el fondo de sus ojos verdes. La voz apagada de ella acarició el oído del ventero, al mismo tiempo que las manos largas y transparentes atrapaban su voluntad. Esa tarde la visita del minero le fue grata.

Las estancias del "ingeniero" en la tienda menudeaban. Bebía limonada mientras decía cosas raras que el indio apenas si penetraba... Mas, de todas suertes, reía y reía por lo mucho de cómico que encontraba en el palique.

—Bien, don Juan —dijo el minero por fin—, tengo para ti un buen negocio.

—Tu mercé dirás —respondió el otomí.

—¿Está muy caro el ganado por acá? ¿Cuánto, por ejemplo, sale costando una cabrita?

—El ganado en esta tierra no se vende. Los pocos animales que tiene nosotros, los guardamos para cuando nos toque la mayordomía del Santo Nicolás, al que rezamos los de Bojay que es mi tierra, allá, trastumbando el cerro más alto que devisas detrás de las ramas de aquel pirul... O para el día en que nos vesita el Santo Niño del Puerto. Entonces hacemos matanza y no respetamos ni las cabras de leche, porque viene harta gente.

—Bien, bien, ¿pero si yo te ofrezco diez pesos por una cabrita, tú serías capaz de vendérmela?

87

—Pos pué que ni así —respondió el indio aparentando pocas ganas de tratar.

—Diez pesotes, hombre; nadie te dará más... Porque lo que yo quiero pagar más bien es un capricho.

Don Juan no respondió; pero hizo una mueca que, de tan equívoca, cualquiera la hubiese tomado por una aceptación.

—Hay entre tu ganado, don Juan, una cabra que me gusta mucho, tanto, que ya ves el pago que por ella te ofrezco.

—Si tu mercé la queres, tienes que pagarme en centavos y quintos de cobre... A nosotros no me gusta el billete.

—En cobres tendrás los diez pesos, hombre desconfiado.

—Si ya tu mercé tienes visto el animalito, vé por él al monte.

—Sólo que —dijo el minero con desfachatez —la cabra que yo quiero tiene dos patas.

—Ja, ja, ja, —rió el indio estrepitosamente—. Y yo que no quería creer a los arrieros serranos, ora sí estoy cierto; tu mercé estás loco... ¡y bien loco! Chivas con dos patas. ¡Será la mujer del demonche, tú!

—Chiva de dos patas llamo a tu hija... ¿No lo entiendes, imbécil? —preguntó amoscado el forastero.

El indio borró la sonrisa que le había quedado prendida en los labios después de su carcajada y clavó la vista en el minero, tratando de penetrar en el abismo de aquella propuesta.

—Dí algo, parpadea siquiera, ídolo —grito enojado el blanco—. Resuelve de una vez. ¿Me vendes a tu hija? Sí o no.

—¿No te da vergüenza a tu mercé? Es tan feo que yo la venda, como que tú la merques... Ellas se regalan a los hombres de la raza de uno, cuando no tienen compromisos y cuando saben trabajar la yunta.

—Cuando se cobra y se paga bien no hay vergüenza, don Juan —dijo el "ingeniero" suavizando el acento—. La raza no tiene nada que ver... y menos cuando se trata de la raza que ustedes los indios quieren conservar... ¡Bonita casta que no sirve más que para asustar a los niños que van a los museos!

—Pos las chivas de esa clase no han de ser tan feas, ya que tu mercé te interesas tanto por una.

—Te he dicho que es tan sólo un capricho mío... A lo mejor tú sales ganando un nieto mestizo. Un hijo de blanco que será más inteligente que tú. Un mestizo que valdrá más de diez pesos en cobres.

—No, ese ganado no está a la venta —repuso don Juan con un tonillo que denotaba no haber entendido o no haber querido entender las últimas palabras de su cliente.

—Se necesita ser estúpido para no tratar. En la costa regalan a las indias vírgenes, sólo con la esperanza de que tengan un hijo blanco, porque aquella gente entiende que la mezcla de los hombres es tan útil como una buena cruza en los ganados; pero ustedes los otomíes son tan cerrados, que ni pagándoles acceden a mejorarse.

Ahora en los ojos de don Juan había una chispa. Chispa en la que no reparó en su fogosidad el blanco.

—Bueno, en vista de tu necedad, doblo la oferta. Veinte pesos por ella. ¡Veinte pesos en cobres de a cinco! No, no me la voy a llevar, porque las criadas indias en la ciudad son inútiles y puercas. Solamente quiero que le digas que se bañe y que la aconsejes para que no sea mala conmigo, que no me arañe ni me tire de patadas... Después te la dejo. No pago más que el silencio, porque a mí no me convendría que nadie se enterara, ¿sabes? —dijo mientras miraba hacia la tienda de campaña, donde la mujer blanca recosía ropa, sentada cerca de la puerta.

—No, tu mercé eres mala gente. Ya te digo que por'ay no l'entro... ¡Y de paso, pos pagas tan pocos fierros!

—Veinticinco pesos en cobres... En cobres, oíste —ofreció terminantemente el comprador.

—Te voy a enseñar a tu mercé a tratar ganados —dijo pachorrudamente el otomí, mientras sacaba una bolsa gruesa del cajón del mostrador—. Aquí hay cien pesos en cobres... Y como yo creo con tu mercé que las cruzas son buenas, quisiera yo también mejorar mi casta. Pero la mía, no la ajena. Cien pesos que te doy por tu mujer. Tráimela, yo no pongo condiciones... Aunque me arañe, me muerda y me patié. Yo no pago el silencio, eso te lo doy de ribete; puede tu mercé contarlo a todo el mundo. Tampoco te pido que la bañes, déjamela así.

Entonces el que permaneció en silencio fue el "ingeniero".

—Tu mercé te la llevas, a mí aquí en el monte no me sirve... ¡Capaz de que se quiebre! Tu mercé cargas con ella; pero eso sí, con la garantía de que pronto tendrás un mestizo bonito y trabajador que te diga papá... Son buenas las cruzas de sangre; pero lo mejor de ellas es que se pueden hacer lo mesmo de macho a hembra que de hembra a macho... ¿O qué opinas tu mercé?

tufillo agradable. Nachak'in de pie, metida en su amplio cotón de lana, mira impávida el ajetreo de sus compañeras.

—Y ésa —pregunté a Kai-Lan señalando a Nachak'in— ¿por qué no trabaja?

El lacandón sonríe, guarda silencio unos instantes; con ello da idea de que busca los términos apropiados para responder:

—No trabaja en el día —dice al fin—, a la noche sí... A ella toca subir a la hamaca de Kai-Lan.

La bella "kika", tal si hubiera entendido las palabras que en castellano me dijo su marido, baja los ojos ante mi curiosa mirada y pliega los labios en una sonrisa terriblemente picaresca. De su cuello robusto y corto, cuelga un collar de colmillos de lagarto.

Fuera de la "champa", la selva, el escenario donde se desenvuelve el drama de los lacandones. Frente a la casa de Kai-Lan, se alza el templo del que él es Gran Sacerdote, al mismo tiempo que acólito y fiel. El templo es una barraca techada con hojas de palma; sólo tiene un muro, que ve al poniente; adentro, caballetes de rústica talla y, sobre ellos, los incensarios o braserillos de barro crudo, que son deidades doblegadoras de las pasiones, moderadoras de los fenómenos naturales que en la selva se desencadenan con furia diabólica, domadores de bestias, amparo contra serpientes y sabandijas y resguardo opuesto a los "hombres malos" del más allá de los bosques.

Junto al templo, la parcela de maíz cultivada cuidadosamente; matas vigorosas se alzan del suelo más de dos palmos entre las paredes de los hoyancos cavados a "coa"; un lienzo de varas espinudas protege al sembradío de las incursiones de los jabalíes y de los tapires y, abajo, entre lianas y raíces, el río Jataté. El clima es húmedo y tibio.

La voz de la selva, de tono invariable y de intenciones tozudas como las del mar, aquel ruido de enervantes efectos para quien lo escucha por primera vez y que acaba por tornarse, andando el tiempo, en estímulo grato durante el día y en arrullo suave durante la noche, aquella voz nacida de buches de aves, de fauces de fieras, de ramas quebradizas, del canto de las hojas de las ceibas, del ramón y del asesino matapalos que trepa sus tentáculos abrazados a los corpulentos troncos del caobo, del chicozapote, para extraer de ellos, en provecho propio, hasta la última gota de savia, del chiflido intermitente de la nauyaca que vive entre las cortezas del chacalté y del ululante alarido del sarahuato, monito grotesco y cínico que retoza su eterna brama pendiente de las lianas o trepado inverosímilmente en las más atrevidas copas... En tal algarabía, apenas si se escucha la palabra del lacandón que es señor de la selva, al mismo tiempo que el más débil y desposeído entre lo que anima ese mundo de fronda y luz, de estruendo y silencio.

En la "champa" de Kai-Lan, cacique de Puná, aguardo el "taco" que su hospitalidad delicadísima me ha brindado, para continuar mi camino después del refrigerio, por brechas y "picados", entre la masa verde y el pantano, con rumbo al caribal de Pancho Viejo, aquel silencioso, solitario y lánguido caballero lacandón, cuya "champa", huérfana de "kikas", se alza, Jataté abajo, a pocos kilómetros de la heredad de mi huésped actual. Calculo llegar a la anochecida.

Cuando estoy terminando de dar cuenta con la

pechuga del faisán, Kai-Lan muestra alguna inquietud; voltea hacia la selva, hincha su nariz en un husmear de bestia carnívora; se pone en pie y sale lentamente. Lo miro cómo interroga a las nubes; después recoge del suelo una varita que eleva entre el índice y el pulgar; por el arco que forman sus dedos, se mira el sol a punto de llegar al cenit.

Kai-Lan ha vuelto y me hace conocer el resultado de su observación.

—Poco andarás... Viene agua, mucha agua.

Yo insistí en la necesidad que tengo de llegar esa misma noche a la "champa" de Pancho Viejo, mas Kai-Lan machaca cordialmente:

—Mira, falta ansinita para el agua —y me muestra la vara a través de la cual observó las nubes.

—Pancho Viejo me espera.

Kai-Lan ya no habla.

Me he puesto en pie, acaricio la cara de la pequeña que se ha dormido en brazos de su madre y cuando me dispongo a salir, gotas enormes me detienen; la tormenta se ha desencadenado. Kai-Lan sonríe al ver cumplido su pronóstico: "Agua... mucha agua."

El rayo brama a poco bajo un techo color de acero que se ha interpuesto entre la selva y el sol; la tormenta se abate sobre las ramazones de los árboles que rascan la costra de nubes. La voz de la selva se acalla para dejar sitio al estruendo de las cataratas. La "champa" se sacude con violencia, Kai-Lan ha vuelto a sentarse junto a mí; estoy sobrecogido ante el espectáculo que por primera vez presencio.

El agua sube a ojos vistas; Jacinta ha dejado a su niña acostada en la hamaca de Kai-Lan y seguida de Jova alzan sus cotones con inocente impudicia hasta arriba de la cintura y empiezan a levantar un dique dentro de la choza, para evitar que el agua escurra al interior. Nachak'in, la "kika" en turno, distrae su holganza sentada en cuclillas en un rincón de la "champa"; Kai-Lan, con el mentón entre sus manos, mira cómo la tempestad crece en intensidad y en estruendos.

—¿Qué buscas en cá Pancho Viejo? —me interroga de pronto.

Yo, sin muchas ganas de liar la charla, respondo un poco cortante:

—Me va a platicar cosas de la vida de ustedes los "caribes".

—¿Y a ti qué te importa? ¡No hay que meterse en la vida de los vecinos! —dice el lacandón sin tratar de herirme.

No contesto.

Jacinta ha tomado en brazos a su hijita, la estrecha contra su pecho; en la cara de la joven hay ahora sombras de congoja. Jova, estoica, empieza a destazar un sarahuato enorme; la piel de la bestia, taladrada por una flecha de Kai-Lan, va despegándose de la carne rojiza hasta dejar un cuerpo desnudo, muy semejante en volumen y muy parecido en forma al de la indita mofletuda que llora entre los brazos de Jacinta.

Kai-Lan me ha pedido un cigarrillo al que arranca fumarolas que la ventisca se encarga de disolver en cuanto salen de su boca.

Entre tanto, el cielo no acaba de volver sus odres sobre la selva; las nubes se confunden ya con las copas del chacalté y del chicozapote; un rayo ha partido, como a vil bambú, el tronco de una ceiba centenaria; el fragor nos aturde y la luz lívida nos deja ciegos por instantes.

En la "champa" nadie habla, el pavor supersticioso de los indios es menor que mis temores de hombre civilizado.

—Agua, mucha agua... —comenta al fin Kai-Lan.

De pronto, un estrépito prolongado colma nuestra inquietud; es rotundo como el de las rocas al desgajarse, es categórico tal el estruendo de cien troncos de caobo que reventaran al unísono.

Kai-Lan se pone de pie, mira hacia afuera por entre la tupida cortina que descuelga el temporal. Habla en lacandón a las mujeres, quienes ven hacia el punto que el hombre les señala. Yo hago lo mismo.

—El río, es el río —me dice Kai-Lan en castellano.

En efecto, el Jataté se ha hinchado; sus aguas arrastran como pajillas troncos, ramas y piedras.

El lacandón vuelve a hablar a sus esposas; ellas escuchan sin contestar. Jova va hacia el fondo de la "champa" y remueve con sus manos un montón de arcilla seca, al tiempo que Kai-Lan, provisto de un gran calabazo, sale a la tormenta, para regresar a poco; su cabello empapado cuelga lacio hasta abajo de los hombros; el cotón se le pega al cuerpo dándole un aspecto ridículo... Ahora voltea sobre la arcilla el agua que ha traído en el calabazo; las mujeres lo miran llenas de unción; Kai-Lan repite la maniobra una vez y otra; el agua y la arcilla han hecho barro que el hombrecillo amasa. Cuando ha encontrado el punto pastoso y modelable en la arcilla, emprende otro viaje en medio de la tempestad; lo vemos entrar al templo y destruir con furia mística los braseros deidades. Luego que ha terminado con el último, retorna a la "champa".

—Los dioses son viejos... ya no sirven —me

dice—. Yo haré otro, fuerte y valiente, que acabe con el agua.

...Y Kai-Lan, echado frente al montón de barro, empieza a modelar con insospechada maestría un nuevo incensario, un dios lucido y potente, capaz de conjurar a las nubes que ahora se desprenden sobre el "caribal" y sobre el río.

Las "kikas" han vuelto discretamente las espaldas al hombre, hablan entre sí en voz baja. De pronto Nachak'in arriesga una mirada que Kai-Lan sorprende. El hombrecito se ha puesto en pie, grita roncamente, bate sus manos al aire presa de furores; Nachak'in, vuelta de nuevo hacia la pared y con la cabeza baja, resiste humildemente la reprimenda... Kai-Lan ha deshecho, convulso de ira, la obra casi terminada: Dios ha vuelto a sucumbir en manos del hombre.

Cuando el lacandón se cerciora de que el ojo impuro de las hembras no mancillará la obra divina, intenta de nuevo erigirla.

...Ya está, es un bello incensario de apariencia zoomorfa; un ave barriguda, con el lomo hundido en forma de cazoleta; la figurilla se mantiene enhiesta sobre tres pies que rematan en pezuñas hendidas como las del jabalí. Dos astillas de pedernal brillan en las órbitas profundas. Kai-Lan se muestra muy satisfecho de su trabajo; lo mira de hito en hito, lo retoca, lo pule... Lo aprecia a distancia en todos sus ángulos y acaba por ocultarlo bajo el vuelo de su túnica, para salir con él entre la ventisca y con dirección al templo... Ya está ahí, lo miro a través del empañado cristal de la tormenta. Entroniza en el caballete al dios flamante, fresquecito aún: echa sobre sus lomos granos de copal y algunas brasas que toma entre dos varas de la hoguera perpetua, que arde en el centro del recinto. Kai-Lan se mantiene en pie, inmóvil, hierático, sus brazos cruzados y la barbilla en alto.

Entre tanto, Jova atiza el hogar que chisporrotea; las llamas alumbran un poco la choza en donde empiezan a cuajarse las sombras. El vendaval sigue entre lamentos de árboles desgajados y estruendo de torrentes; el Jataté se ha tornado soberbio, sus aguas suben de nivel alarmantemente... Ahora amenazan desbordarse, ya chapotean en los ribazos que protegen la milpa. Kai-Lan se ha dado cuenta del peligro; bajo el techo del templo observa inquieto el amago del río; vuelve hacia el brasero, lo carga de nuevo con resina y aguarda. Mas la tempestad no cede, los nubarrones columpian de las cumbres y dejan caer sobre el "caribal" su sombra. La noche se precipita... Veo la silueta de Kai-Lan ir hasta el ara, tomar al dios entre sus manos, destruirlo y después, presa de furores, arrojar los fragmentos de barro a las lagunetas que se han formado frente a su "champa"... ¡Dios inútil, dios negado, imbécil dios...!

Mas Kai-Lan ha salido del templo, va hacia la milpa; marcha penosamente bajo las aguas, ahora se echa en cuatro pies junto al río, parece tapir que se revuelca entre el fango. Arrastra troncones y ramas, piedras y hojarascas; con todo bordea la sementera; es el suyo un trabajo doloroso e inútil. Cuando me dispongo a ir en su auxilio, él, convencido de la nulidad de sus esfuerzos, retorna a la "champa". Increpa entonces con palabras violentas a las mujeres, quienes voltean de nuevo sus caras hacia el muro de hojas de palma. La niña duerme plácidamente sobre la hamaca, su cuerpecillo regordete yace entre harapos sucios y humedecidos.

Kai-Lan emprende otra vez la tarea.

Y ya tenemos ante nosotros al nuevo dios que ha brotado de sus manos mágicas. Es más basto éste que el anterior, pero menos hermoso. El lacandón lo eleva hasta la altura de sus ojos y lo contempla unos instantes; parece estar muy engreído con su creación. A sus espaldas se escucha el gemido de la niña que despierta quizás al lancetazo de un bicharraco. Cuando Kai-Lan vuelve, se encuentra a la pequeña mirando fijamente al incensario. El lacandón tiene un gesto de impaciencia que a poco se torna en mueca benévola frente a la risa de la criatura. Arroja al suelo el incensario, ya maculado por ojos de mujer y empieza a destrozarlo con sus pies desnudos. Cuando ha consumado la destrucción, llama a voces. Jacinta, sin atreverse a levantar la cabeza, recoge a su hija y la lleva en brazos hasta el muro; saca por entre la manga de su cotón una mama excesiva y prieta, a la que la niña se prende; Jacinta, al igual que las demás "kikas", ha volteado su cara a Kai-Lan, quien no pierde la fe; ahora empieza de nuevo.

El afán puesto en la tarea hace al indio olvidarse de mí, que miro a placer las incidencias que ocurren durante la manufactura de dios... Las manos pequeñitas de Kai-Lan toman fragmentos de lodo, nerviosas bolean esferas, amoldan cilindros o retocan planos; bailan sobre la forma incipiente, atareadas, ágiles, vivaces. Jova y Jacinta, la última meciendo entre sus brazos a la hija, se mantienen en pie dándonos las espaldas. Nachak'in, amurriada tal vez por su frustrado himeneo, se ha sentado con las piernas cruzadas y la cara a la pared; cabecea presa del sueño. En medio de la choza, la lumbre crepita. Es de noche.

Esta vez la fábrica de dios ha sido más laboriosa, diríase que, ante los fracasos, el hacedor pone en la tarea todo su arte, toda su maestría. Modela un cuadrúpedo fabuloso: hocicos de nauyaca, cuerpo de tapir y cauda enorme y airosa de quetzal. Ahora mira en silencio el fruto de sus esfuerzos; ahí está, es una bestia magnífica, recia, prieta, brutal... El lacandón se ha puesto en pie; el incensario descansa en el suelo: Kai-Lan se retira algunos pasos para mirarlo a distancia; le ha notado alguna imperfección que se apresura a corregir con sus dedos humedecidos de saliva... Ha quedado, finalmente, satisfecho por completo. Alza entre sus brazos el incensario y cuando se asegura que no ha sido profanado por la mirada de las hembras, sonríe y se dispone a trasladarlo a sus altares. Pasa rozando mis piernas; yo estoy seguro de que en esos instantes no repara en mi presencia.

Las sombras de la noche empapada ya no me permiten ver la maniobra de Kai-Lan en oficio de Sumo Sacerdote; mis ojos apenas si perciben la lucecilla intermitente que arde sobre los lomos de la deidad recién modelada y el parpadeo angustioso de la hoguera perpetua alimentada con leños húmedos.

Mientras tanto, Jova ha montado un ingenio de varas cerca del fogón; de él pende el sarahuato para asarse al rescoldo; el aspecto del cuadrumano es pavoroso; la cabeza caída sobre el pecho parece gesticular; sus miembros retorcidos me recuerdan imágenes de mártires, de hombres mártires sometidos a la tortura por su santidad o... por sus herejías. Los granos de sal que salpican la carne estallan con leve y enervante chasquido, al tiempo que la grasa escurre para dejar negro y enjuto al cuerpecillo antropomorfo.

Jacinta, echada de rodillas frente a un cacharro barrigudo, extrae el maíz que deposita en el metate, la niña duerme en una estera tendida al alcance de la madre.

Nachak'in, que ve pasar yerma su noche de amor, se ha tirado en la hamaca donde revuelve sus ansiedades; las piernas, torneadas y pequeñas, cuelgan en inquietante balanceo.

De pronto, viniendo de allá de la milpa, se escuchan voces. Es Kai-Lan. Jacinta y Jova atienden en el acto al llamado; las dos "kikas" salen entre la borrasca y van hacia donde el esposo las requiere. Nachak'in apenas si se incorpora para verlas partir; bosteza, distiende sus brazos sobre la "cabeza" de la hamaca y hace algunos movimientos elásticos de bestiecita en celo.

Miro hacia el sembradío; Kai-Lan debajo de una ceiba opulenta sostiene entre sus manos una tea, cuya flama desafía sorprendentemente al ventarrón; las mujeres se debaten entre el barro en pelea furiosa contra el agua que ya ha rebasado el pequeño bordo que la contuvo; ahora las primeras matas de maíz están anegadas. Corro a prestar auxilio a las mujeres. A poco me hallo hundido hasta la cintura en el lodo y comprometido en la lucha de los lacandones. Mientras Jacinta y yo acercamos piedras y fango, Jova levanta un vallado que más tarda en alzarse que en ser arrastrado por la corriente. Kai-Lan grita en lacandón palabras fustigantes; ellas redoblan sus esfuerzos. El hombre va y viene bajo el enorme paraguas de la ceiba; en alto la antorcha, nos manda sus débiles fulgores. Llega un momento en que la agitación de Kai-Lan es irreprimible. Deja la tea sostenida entre dos piedras y va hacia la choza del templo, penetra en ella y nos abandona empefiados en nuestros estériles esfuerzos... Jacinta ha resbalado, el agua la arrastra un trecho; Jova logra pescarla por la melena y con mi ayuda sacarla del trance. Un enorme tronco que flota en las aguas barre totalmente nuestra obra... La riada se desborda ya en arroyuelos que hacen charcas al pie de las matas de maíz. Nada hay que hacer; sin embargo, las mujeres siguen en empeñosa pugna. Cuando yo estoy a punto de marcharme materialmente rendido, noto que la tormenta ha cesado... Como llegó se fue, sin aparatos espectaculares, de improviso, tal como se presenta o se ausenta todo en la selva: la alimaña, el rayo, el viento, el brote, la muerte...

Kai-Lan sale del templo, lanza alaridos de júbilo. Nachak'in se asoma por la "champa" y festeja con risas el contento de su hombre. Nosotros regresamos al jacal.

Nachak'in mira, sin hacer nada por evitarlo, cómo el cuerpo del sarahuato se chamusca, se carboniza; una nube negra y hedionda hace irrespirable el ambiente; la niña solloza rendida de llorar.

Las mujeres al ver mi traza ridícula ríen; estamos encenegados de pies a cabeza.

Trato de limpiar el fango de mis botas. Kai-Lan me tiende un calabazo lleno de "balché", aquella bebida fermentada ritual de las grandes ocasiones. Bebo un trago, otro y otro... Cuando alzo el codo por tercera vez, noto que amanece.

Kai-Lan está a mi lado, me mira amablemente. Nachak'in se acerca y trata de echar, lúbrica y provocativa, un brazo al cuello del hombrecillo; él la separa delicadamente, al tiempo que me dice:

—Nachak'in ya no, porque hoy es mañana.

Luego llama con suavidad a Jova; la anciana viene sumisa hasta el hombre; él la toma por la cintura y así permanece.

—Hoy no trabaja de día la Jova... A la noche sí, porque a ella toca subir a la hamaca de Kai-Lan.

Después, con palabras breves y cortadas, habla a Nachak'in, quien se ha separado un poco del grupo. La bella e imperiosa, ahora dócil y humilde, va hasta el fogón para ocupar el sitio que dejó Jova, la "kika" en turno.

Me dispongo a partir; regalo a las mujeres unos peines rojos y un espejo, ellas agradecen con sonrisas blancas y anchas.

Kai-Lan me obsequia con un pernil de sarahuato que se escapó de la chamusquina. Yo correspondo con un manojo de cigarrillos.

Salgo hacia el "caribal" del caballero Pancho Viejo. Kai-Lan me acompaña hasta el "picado". Cuando pasamos frente al templo, el lacandón se detiene y, señalando hacia el ara, comenta:

—No hay en toda la selva uno como Kai-Lan para hacer dioses... ¿Verdad que salió bueno? Mató a la tormenta... Ve, en la pelea perdió su bonita cola de quetzal y la dejó en el cielo.

En efecto, prendido a la copa de un "ramón", el arco iris esplende...

LOS DIEZ RESPONSOS

Fue el lunes por la tarde; quedó en la cuneta de la
carretera con los brazos extendidos en cruz; en su
rostro cobrizo y polvoriento perduraba un gesto
de sorpresa y en sus ojos semiabiertos un estrabis-
mo horrible, que decía a las claras de la postrera
conmoción. Cerca de él el borrico cargado con dos
tercios de leña y un pellejo inflado de pulque; más
cerca todavía, "Tlachique", el perro "jolín" y esquelético, rascaba su sarna sin perder de vista al cadáver
de su amo.

Así encontraron el cuerpo de Plácido Santiago los
que regresaban al pueblo de Panales, después de hacer el "tianguis" en Ixmiquilpan. A Panales, que
agachaba su humildad al margen de la carretera de
México a Laredo.

Algunos hombres venían borrachos; las mujeru-
cas los precedían en la marcha, cargadas con las
compras o con los efectos de su industria no ven-
didos en el mercado regional.

El hallazgo consternó a todos; un apretado grupo rodeó el exánime cuerpo del paisano Plácido
Santiago.

—Fue un astromóvil.

—Yo crio, que una troca.

—Malditos sean, desde que les abrieron camino
a estos diablos, naiden anda tranquilo ni en sus propios terrenos.

Una vieja se arrodilló junto al cadáver; humede-
ció con saliva sus dedos índice y pulgar y con ellos
acarició los lóbulos de las orejas amarillentas de

Plácido Santiago. Por la boca de la anciana brotó una jaculatoria que corearon voces graves.

El más viejo tomó la iniciativa; dos jóvenes lo ayudaron a descargar el pollino.

—Habrá harto pulque en el velorio —dijo uno, cuando abrazó con satisfacción la bota henchida.

—Habrá —confirmó otro, mientras cargaba a sus espaldas el pellejo.

—Tú, Tomás, llévate el tercio de leña... Es la herencia de Plácido Santiago pa mi comadre Trenidá —dijo el viejo, a quien llamaban todos Tío Roque.

Luego, entre varios hombres, treparon el cadáver en el burro: las piernas abiertas, rígidas, colgaban en compás sobre la barriga de la bestezuela; los dedos, que asomaban por entre los huaraches, eran racimos amarillentos, como frutos malogrados por la helada; la pelambre de la cabeza, fantásticamente braquicéfala, se revolvía al impulso del aire friolero de diciembre.

Tras del pollino iban los hombres y las mujeres a paso lento, solemne; el animal de vez en cuando tiraba tarascadas a los renuevos de grama, sin curarse de la azotaina que seguía a los golosos intentos... Mas en una de ésas, el cuerpo estuvo a punto de rodar; hubo alarma y gritería. Roque Higuera, el Tío, dispuso que un muchacho trepara a la grupa del jumento y mantuviera en equilibrio los despojos de Plácido Santiago.

La caravana siguió su marcha, hasta torcer por la vereda que llevaba a Panales; a la retaguardia, "Tlachique", vivo el ojo y la lengua colgante, jadeaba al trotecillo lobuno que había tomado.

La comadrita Trenidá recibió sin lágrimas el cadáver de su marido Plácido Santiago; la pena, que se le había sesgado en la garganta, y el corazón paralizado por tanto y tanto peso, le impedían hablar. Con unas ramas de huizache barrió la tierra de la choza; luego buscó una botella y roció con su contenido de agua bendita las cuatro paredes. Después machacó en el metate unos terrones de cal y con el polvo dibujó en medio del piso una cruz ancha y larga; sobre ella, y con la ayuda de los vecinos, colocó al cadáver que porfiaba en mantener la absurda postura a compás que impuso a las piernas el vientre del borrico. Mas este desarreglo había que remediarlo, porque un cadáver en esa actitud no resultaba correcto. Ahí había una buena coyunda de cuero crudío; con ella ató la comadrita Trenidá los pies ya enjutos de su Plácido Santiago y apretó, apretó hasta colocarlos en disposición cabal. Cuando dejó sobre el pecho del muerto una imagen de la virgen de la Merced, la comadrita Trenidá se sentó en cuclillas, muy cerquita de él; se había echado sobre la cara el rebozo, para permanecer inmóvil, como silueta evadida de un friso.

Pero ya llegaban los dolientes; alguno encajó en la tierra una vela de estearina tan delgada como el dedo meñique; otro regó con flores de zempoalxóchitl todo el pavimento; una mujer dejó a los pies del muerto un manojo de retama; la fragancia campera llenó el ambiente. Alguien inició el rezo que poco a poco se transformó en rumor como el del río o el del viento que jugueteaba entre los lienzos de cantos rodados.

El Tío Roque Higuera informó a la concurrencia que por su cuenta había mandado buscar al cura de Ixmiquilpan para que rezara diez responsos de a "tostón", en beneficio del alma del amigo Plácido Santiago. La gente miró con admiración y reconocimiento al viejo, a quien el pulque trasegado habíale hecho tan ligera la bolsa como la lengua.

Llegaron la tarde, la anochecida y la alta noche; el pellejo de pulque había sucumbido a las arremetidas de los dolientes. El Tío Roque Higuera, de esplendidez creciente, mandó al "tinacal" de su pertenencia por otra ración semejante a la consumida: "Di'hoy pa'lante todo corre por mi cuenta... ¡Faltaba más!", había dicho rumboso...

El duelo iba trocándose en tertulia; todos hablaban en voz alta; ahí estaban las panegiristas de los hasta ahora no reconocidos méritos del difunto, ahí los predicadores entusiastas de las excelencias del compadrito Plácido Santiago y también las preces declamadas a voces por las mujeres. De repente, un grito agudo, ululante sobresalía entre el murmullo sordo; era la comadrita Trenidá que abría la compuerta a su dolor.

En un rinconcito de la barraca, hervía el café dentro de una olla barrigona que descansaba sobre un fogón de tres piedras; manos serviciales atizaban la lumbre con "olotes" y boñigas de vaca.

Afuera los luceros se desgarraban entre las púas de los nopales, los grillos hacían concertino a la sinfonía de aullidos que venían del monte; eran los perros alzados, los perros sin dueño que ladraban al hambre y a la muerte.

Pocos resistieron en pie la amanecida; las mujeres envueltas en sus rebozos, cabeceaban; algunos hombres se habían tendido boca arriba en el tecorral, mientras otros hablaban a gritos sobre las penas del purgatorio, los suplicios del infierno, en donde el "caso mocho" hervía chicharrones de alma; de la paz de los cielos, amenizada por un "mariachi" divino, compuesto por seráficos filarmónicos y "reforzado" con trompetas de ángeles y arpas de querubines... De aquella gloria que sólo disfrutan las ánimas de los justos, tal, "sin agraviar lo presente", la del compadrito Plácido Santiago "que de Dios aiga"...

La comadre Trenidá, de tiempo en tiempo, dejaba su postura hierática, para arrancar con sus dedos acalambrados el pabilo renegrido que hacía humear más de la cuenta alguna de las candelas a punto de consumirse.

Los gallos inauguraron la madrugada. Su canto jacarandoso acalló al tétrico concierto canino; el sol fileteó de alba los cerros, el mirlo correspondió los "buenos días" al jilguero y las tinieblas fuéronse yendo poquito a poco, para dejar lugar a una espléndida mañana.

En el jacal, voces aún adormiladas cantaron el "miserere". Un niño lloró atosigado por el humo del copal que salía de una cazuela copeteada de brasas.

De pronto todos dirigieron la mirada hacia el cajón de madera fresca y rezumante, que en hombros de cuatro vecinos llegó a la puerta de la choza... La comadrita Trenidá lloró un poquitín; luego se arropó con su rebozo para papachar la aflicción que le bullía en el pecho.

Los compadres, llenos de miramientos y celo, colocaron dentro del ataúd el cuerpo de Plácido Santiago. El Tío Roque Higuera llamó a la comadrita Trenidá para que diera el último adiós a su compañero; la mujer tomó entre sus dedos temblorosos el mentón frío y salpicado de pelos lacios y duros. Luego el Tío Roque Higuera remachó con una piedra doce clavos.

En ésas estaban cuando hizo su aparición el señor

109

cura de Ixmiquilpan; llegó hasta las puertas de la choza tripulando su viejo Ford. Los presentes se echaron de rodillas, el sacerdote alzó la diestra y asperjó bendiciones. Después las mujeres se apresuraron a besar la mano regordeta que desganadamente se les tendía.

—Pronto, pronto —dijo el cura—, acabemos con esto, porque tengo un bautizo en Remedios y un viático en Tamaleras... ¡Pronto, pronto!

El fraile hisopeó el ataúd, luego extrajo de la bolsa de su sotana un breviario y empezó las plegarias. Cuando hubo recitado en latín los diez responsos contratados, se dispuso a bendecir el cadáver, mas le cortó la intención la voz borracha del Tío Roque Higuera:

—Un momento, padrecito, conté los responsos y jueron diez, cabalmente... Pero ¿no quere su mercé echarle uno de ganancia al dijuntito?

El cura un poco enfadado protestó:

—He dicho que voy de prisa... Viático en Tamaleras, bautizo en Remedios...

—Ande, ande, acuérdese que pa nosotros lo mesmo da ocuparlo a usté que al padre de Alfajayucan, que ése sí nunca se hace del rogar... Hasta al pulquito l'entra.

El cura recitó entonces atropelladamente aquello para lo que, momentos antes, hubo menester del libro, del breviario que, más que guía, resultaba un elemento de gran brillantez en la liturgia... ¡Al fin que era de ganancia, de ñapa, de pilón!

Cuando cuatro muchachos alzaron el féretro y abrieron la marcha del cortejo, el Tío Roque Higuera puso en las manos del clérigo un billete de cinco pesos.

Todos los presentes salieron tras del ataúd, excepto la comadrita Trenidá que, hecha una maraña insignificante, estaba sentada frente al fogón; al alcance de su mano una olla llena de frijoles cocidos de los que la mujer comía a puñados. Cuando el cura la sorprendió en tan inaudita tarea, puso el grito en el cielo:

—¡Ave María Purísima! Cualquiera diría, hija, que te ha importado muy poco la muerte de tu marido... ¿Cómo es posible que tengas hambre en estas circunstancias? ¡Es el tuyo, mujer, pecado de gula!

La comadrita Trenidá se limpió con el dorso de su mano la boca, acabó de remoler lo que traía entre lengua y paladar y dijo:

—Anoche desaigraron mis frijoles por beberse el pulque... Naiden los aprobó siquiera. —Luego, con los ojos llenos de lágrimas, continuó—: Mi marido, con la ayuda de sus santos responsos, ya está gozando de Dios... Él se llevó mi corazón hasta el jollo; naiden podrá ocupar su lugarcito... Pero no por eso debo dejar que se aceden los frijoles.

El cura, sin comentar más, puso en marcha el arcaico motor de su automóvil, enchufó el embrague... luego la "primera" y puso entre él y el drama una cortina de polvo.

La comadrita Trenidá, con las lágrimas escurriendo por entre las mejillas, metió de nuevo la mano en la olla:

"Claro —dijo—, dejarlos es un pecado, con lo caro que'stán ahoy..."

Echado sobre sus patas traseras, "Tlachique", el perro "jolín" y esquelético, esperaba su turno; mientras tanto, se relamía, se relamía...

LA PLAZA DE XOXOCOTLA

—Es BONITA la plaza de Xoxocotla; bonita y limpia —dije sin intención de adular.

—Tiene su historia, igual que la escuela y l'agua entubada —me informó el viejo Eleuterio Ríos, mientras acariciaba entre pulgar e índice el indómito bigote; aquel bigotazo salpicado de hilos de plata y que, de tener fe al refrán que dice: "cuando el indio encanece, el español perece", mala jugada les haría al porte juvenil y al gesto arrogante de mi amigo, por los cuales —mentirosos— se le juzgaría un hombre en plena madurez.

—Sí, tiene su historia —repitió el anciano, con inaguantables deseos de contarla. Sin esperar más, la dijo en voz lenta, entre chupada y chupada al cigarro de hoja prendido entre sus dientes amarillentos.

—Era yo delegado municipal del pueblo cuando llegó la comitiva. El candidato a la cabeza. No crea usté que vinieron aquí por su gusto, no... Fue que iban para Puente de Ixtla; pero ahí en la curva de El Tordo tronó una rueda del "for" y tuvieron que descolgarse pa'ca pa Xoxocotla, en busca de una sombrita y de un trago de agua.

El candidato era grandote, serio y muy callado. Sus compañeros, en cambio, hablaban mucho, pero como los pericos, ni ellos mesmos entendían sus babosadas.

Alguien me dijo que al candidato lo iban a ascender a Presidente de la República. Yo no lo creí... ¡Tantas levas cuentan los lambiscones! El candi-

dato parece que me leyó el pensamiento, porque
sonriéndose tantito, más bien con sus ojos que con
su boca, se me quedó miramente y luego dijo:

"¿Qué es, señor delegado, lo que más necesita
este pueblo?"

Yo pensé que había que seguirle el juego y de
purita raspa le dije:

"Pos ya ve su mercé qué plaza tan triste es ésta
de Xoxocotla, es un solar grandote y tierroso y en
medio, como todo adorno, ese güizachito íngrimo y
solo que no sirve ni p'hacerle sombra a un gallo...
Nosotros, los del pueblo, quisiéramos una plaza con
sus banquetas, sus prados y su tiosco rodiado de
faroles..."

"Lo tendrán", dijo el candidato muy seriote.

A mí por poco me gana la risa, verdá de Dios,
por el modito tan descarado de burlarse de uno.
Pero pa seguir con el argüende, pues le dije yo también muy desimulado y faceto:

"Tampoco hay escuela. Vea su mercé cómo están
los probes niños arrejolados en aquella sombrita
que dan las torres de la iglesia. Cómo quere su mercé que aprendan ansina. ¡Luego ni maistra tienen!
Doña Andrea Sierra que le entiende a la lectura,
pues a veces les da la leición y se las viene a tomar
una vez a la semana..."

"Tendrán escuela", volvió a prometer el candidato, con tal serenidad y firmeza, que me destantió
un poquito. Pero cuando me acordé que todos los
que tienen el empeño de candidatos, su oficio es
echar puras mentiras, pues me le quedé mirando,
largo, hondo, como es el costumbre de po'acá, cuando quiere uno burlarse de alguien. El hombre no
entendió o hizo que no entendía mi gesto y entonces volví a travesiar con él. Mis paisanos gozaban

113

al ver la forma en que me'staba yo tantiando al señor político:

"Como usté habrá visto, tenemos harta agua po' aquí, pero nos faltan tubos. Usté que viene tratando de hacer la felicidá del pueblo, nomás arregule cómo se vería una pila echando agua cristalina en medio de la plaza y rodiada de siemprevivas, 'juanitas' y violetas... y las muchachas con sus cántaros redonditos y sudorosos y los muchachos ya lebrones mirándolas de ganchete, así como Dios manda que el macho mire a la hembra que le llena el ojo... y los niños en l'escuela y en l'escuela una maistra catrina y guapa, enseñándoles a todos el silabario..."

Entonces el bruto de mi compadrito Próculo Delgadillo no pudo aguantar la risa; pero el candidato, siempre tan formal, dijo:

"Tendrán su plaza, su escuela, su fuente y su máistra." Luego se paró para despedirse. Me tendió la mano. Yo apenas si se la rocé, no más pa no ser malcriado, pero de manera que él tantiara que no nos había hecho tontos.

Cuando se fueron, nos juntamos todos los vecinos al derredor del güizachito. Los jóvenes creiban buenas las promesas del candidato y estaban muy alegres; pero los viejos, que nos han brotado canas y salido arrugas de tanto y tanto esperar que se cumplan los ofrecimientos de los políticos, pos nomás nos réibamos de la inesperencia de la gente tierna.

Don Eleuterio calló un momento; se quitó su enorme sombrero de palma y de lo más profundo de la copa sacó una caja de cerillos; encendió uno, hizo hueco con sus manos a la flama y entre resoplidos pegó fuego a su gran cigarro de tabaco cimarrón. Luego siguió el relato:

—Pasó un año. Yo estaba para entregar la dele-

114

gación a mi compadrito Remigio Morales que de Dios haiga. Era medio día, hacía una calor como pocas. El solazo brillaba en aquel desierto que nosotros llamábamos plaza; los cerdos gruñían porque sentían derretirse; las gallinas con el pico abierto escarbaban la arena caliente y con las alas estendidas se revolcaban buscando refrescarse; los perros con las colas entre las patas, babeaban como si tuvieran el mal. Las mujeres en las cocinas se habían quitado las camisas y los niños encuerados buscaban las sombritas y pedían agua d'un hilo.

Yo y el polecía estábamos echando un pulquito en ca doña Trina Laguna, aquí nomasito... De repente llegó Tirso Moya, que para entonces era un muchachillo apenas d'este pelo; muy espantado me dijo: "Andele, Tata Luterio, qui'hay lo busca el Presidente." Tonces acabé con el jarrito de pulque y pedí otro... ¡Hacía tanta calor! Bebí espacio, sin cortar la plática con el polecía... Y ahí nomás que llega Lucrecita la de mi entenado Gerardo: "Quihay lo precura el Presidente, Tata Luterio"... "Ande, cuele —dije—, vaya a ver si ya puso el puerco." Y la muchacha se jué corre y corre... A poco ratito apareció Odilón Pérez el menso y con su voz de babosote me avisó: "Que l'ostá aguardando el Presidente, Tata Luterio"... "Pos díle, contesté, que si no puede aguantarse tantito, que no tengo su qui hacer..." Y el menso de Odilón se fue muy obediente con el recado.

"Ese ha de venir a cobrar el piso de la plaza del día lunes", comenté con el polecía.

Seguimos traguetiando pian pianito, sin priesas. Conté yo con toda calma los centavos de la recaudación de la plaza que traiba entre mi faja. Todavía oyí una talla muy colorada que me contó el polecía y salí mascando un pedazo de barbacoa que me había ofertado doña Trina Laguna.

¡Y que lo voy mirando...! ¿Quién cré usté que era? Pos el candidato. Ahí estaba, bajo la sombra delgadita del güizache. Lo rodeaban más de veinte muchachillos, él se reía con ellos y al más chiquitín lo tenía abrazado. Todas las mujeres, desde las puertas de sus casas lo miraban con almiración; él no se daba cuenta, así de entretenido estaba con la chamacada... Había llegado íngrimo y solo, igual que el güisachito; su "for" lo esperaba allá en la carretera... Nomás por su pura planta adeviné que ya lo habían ascendido a Presidente de la República... Grandote, serio y confiado como todos los que son hombres de nacencia, no sé qué aigre le encontré con Emiliano. En nada se parecían, pero el gesto, el cariño por los niños... Yo no sé. Bueno, ni en el vestido se parecían, pero a éste le caiba tan bien la tejana, como a aquél su jarano galoneado, con el que dicen que se aparece a los caminantes que pasan por Chinameca.

Yo lleno de vergüenza me le acerqué. Me dio su mano que entonces se la agarré con las dos mías, sí, como se estrecha la mano de un amigo, de un hombre del que uno sabe que es buena gente. La mano era grande, fina, pero más juerte que las dos mías empalmadas. Sonríe otra vez con ese modito tan suyo; apenas si se le miraban los dientes debajo de su bigote recortado y tupido... ¡La risa era de hombre cabal, de puro mexicano!

Yo todo avergonzado le dije que disimulara la espera en el solazo, porque cuando me dijeron que áhistaba el Presidente, pos yo creiba que era el presidente municipal de Puente d'Istla que venía por lo del piso de la plaza del lunes.

El hombre no dejó de sonrirse y luego luego, pos a lo que te truje:

"Siñor delegado —dijo muy respeitoso—, ahoy llegarán a Xoxocotla los ingenieros a levantar l'escuela, a hacer la plaza y a meter l'agua en los tubos... Pronto vendrá la máistra o sea la preceitora".

Yo me juí de lomos, pa'ques más que la verdá.

Cuando se jué, todo el pueblo lo siguió. Naiden hablaba, él iba por delante caminando recio. Nosotros al trote apenas si lo alcanzábamos. Cuando subió a su "for" se jué saludándonos con la mano.

Al regresar, todos los jóvenes se reían de nosotros los viejos qui'habíamos disconfiado. Disd'entonces he creído más en los muchachos y ya les hago caso de todo lo que dicen... L'otro día, uno d'ellos me preguntó: "¿Si viniera otra vez a Xoxocotla un candidato, qué le pediría usté, tío Luterio?"

"Pos si lo queres saber, yo le pediría que áhi, dond' estuvo el güizachito íngrimo y solo, le levantara una estatua al Presidente que vino... Una estatua pa que todos lo estemos mirando, pa que sirva de almiración a los niños que salen de l'escuela y pa que las lindas muchachas de Xoxocotla corten el día del santo de él toditas las flores del jardín y se las avienten a sus pies...

"Es güeno su pensamiento, tío Luterio —me contestó el muchacho—; yo y otros muchos sabemos ler por él y usté y todos los viejos han güelto a creer en un hombre, como cuando créiban en Emiliano el de Anenecuilco..." ¡Hágame usté el favor! ¡Cómo está de lista la juventú de ahoy...!

Don Eleuterio se quedó unos instantes en silencio, con los ojos perdidos quizá en el recuerdo; luego, volviendo de su abstracción, me miró fijamente para decir:

—Pero a ver, amigo, póngale usté un defecto a la plaza de Xoxocotla.

—Sólo le falta el monumento...

—¡Eso es, un monumento! —dijo como si hubiera hecho un hallazgo—. Un monumento... pero encima de l, pos la estatua d'ese quien usté sabe... Entonces la plaza de Xoxocotla sería la más linda de todo Morelos... ¿O qué opina usté, maistro?

LA TRISTE HISTORIA DEL PASCOLA
CENOBIO

CENOBIO TÁNORI vivía en Bataconcica; joven y ga-
lán, "estimado de los hombres y amigo de las mujeres", el yaqui gustaba lucir su arrogancia en ferias,
festividades y velorios, donde hacía gala de sus
aptitudes para la danza. Fama era de que en toda
la región no había con quien se le comparara en el
arte de bailar, de bailar las danzas ásperas, riguro-
sas y ancestrales... Para Tánori no había mayor
gloria que lucirse en los airosos saltos del "pascola"
sacudiendo como joven bestia las pantorrillas forra-
das con los vibrantes "ténavaris", que son especie
de cascabeles de oruga o de capullos. Era placer
para todos admirar la gracia y la donosura con que
Cenobio Tánori, con el rostro cubierto por horripi-
lante máscara caprina, arañaba con los dedos de
sus pies desnudos la pista de tierra suelta y recién
regada, cubierta en veces por pétalos de rosas o por
verdura cimarrona, al compás de la melodía penta-
fónica nacida de la flauta de carrizo y cómo su torso
hercúleo y desnudo se cimbreaba, se estremecía, a
imitación del animal revivido en sus instantes más
emotivos: el coraje, el miedo, el celo, mientras la
sonaja de discos en la izquierda del danzarín se aco-
modaba al ritmo punteado del redoblante, instrumento capital en la música que acompañaba a la
coreografía totémica.

El arte no ha sido pródigo para quien lo ejerce;
las intervenciones de Tánori tenían por lo general
flaca recompensa: una humeante y olorosa cazuela

de "guacavaqui", un trozo de carne de res asada en brasas, un par de tortillas de harina de trigo suaves y calientes y un puñado de cigarrillos de tabaco negro y picante... Eso, aparte de las sonrisas y de las caídas de ojos, de los guiños con que las mujercitas pretendían atraerse la atención de aquel bohemio silvestre, de aquel esteta rústico y arrogante.

De pueblo en pueblo, de feria en feria, iba Cenobio Tánori llevando su alegría. Lo mismo pespunteaba un "pascola", que ejecutaba las prolongadas y bulliciosas danzas de "El Venado" o "El Coyote", ambas de primitivo origen, bárbaras y bellas como el ambiente, como el ambiente verde azul, como la vegetación agresiva y hermosa que rodeaba la plazuela del villorio donde se celebraba el festejo: Babójori o Tórim, Corasape o El Baburo...

Pero un día, ya estaba escrito, la vida del vagabundo quedó prendida... Fue en su mismo pueblo, en Bataconcica, donde el pensamiento, donde la voluntad del trotamundos quedó liada, como copo de algodón entre las espinas de un cardo, de las pestañas "chinas" y tupiditas de un par de ojazos café oscuros, traviesos e inquietos, los ojos de Emilia Buitimea, aquella muchacha pequeña y suave, que logró pescar para sí lo que tanto anhelaban todas las jóvenes yaquis en edad de merecer: a Cenobio Tánori, el "pascola" garrido y orgulloso.

Pronto se habló de los dos juntos: de la Emilia y de Cenobio. "Buena pareja", comentaban los viejos... Mas las ancianas, con los pies mejor hincados en la tierra, se aventuraban por el comentario realista: "Lástima que Cenobio ande tan flaco de la bolsa... ¿Si llueve con qué la tapa?" O bien el optimista augurio: "El suegro, Benito Buitimea, es rico y sabrá ayudar al muchacho."

Pero Cenobio Tánori seguía siendo orgulloso y "echado pa'atrás", a pesar de estar enamorado: él nunca consentiría en vivir a costillas del suegro... Jamás sería un arrimado en la casa de su futura.

Tales determinaciones cuesta mucho sostenerlas; dígalo si no Cenobio Tánori el danzante, quien se olvidó de ferias y holgorios en busca de lo esencial para una boda, si no rumbosa, por lo menos digna de la condición de Emilia Buitimea.

Animoso y decidido vemos a Tánori colgar para siempre sus amados "ténavaris" para contratarse como peón; trabajar tras de la yunta que pujaba en la tarea de abrir brechas en la tierra pródiga y profunda del "Valle del Yaqui"; cargar sobre sus lomos los sacos ahitos de garbanzo o recoger en haces las espigas trigueras... La gente en general se admiraba de ver al eterno trotamundos sometido a un esfuerzo al que nadie pensó que algún día tendría que someterse...

Mas la labor agobiante del peón de surco no da mucho... y los días se iban ante la ansiedad del muchacho y la tristeza silenciosa de la Emilia...

Un día creyó llegado el fin de sus congojas; fue cuando un forastero lo invitó para que le sirviera como guía en una expedición por el cerro de "El Mazocoba"; se trataba de descubrir vetas de metales preciosos; la soldada ofrecida era muy superior a la que Cenobio Tánori lograba en las duras tareas agrícolas, sólo que había un grave inconveniente para aceptarla: los indios, los "yoremes" sus paisanos, no veían con buenos ojos que hombres blancos y avarientos hollaran la tierra de la serranía venerada, y mucho menos aceptaban que fuera precisamente un yaqui de la calidad de Cenobio Tánori quien condujera por los senderos escondidos, por las rutas misteriosas de "El Mazocoba", a los odiados "yoris".

Estas circunstancias determinaron que Tánori no se contratara tan pronto como se le presentó la oportunidad... Pero la necesidad, la urgencia latente en el corazón del indio, ayudadas por la insistencia del gambusino y por la anuente actitud de Emilia Buitimea, acabaron por vencer.

Cuando retornó a Bataconcica, traía el bolso lleno; tres meses de servicios prestados fielmente al "yori" le habían deparado no sólo lo suficiente para la boda, sino también algo con que afrontar los primeros gastos en su futura vida al lado de la Emilia... Pero a cambio de tantos bienes, Cenobio Tánori tuvo que encararse a una situación bien desagradable: los "yoremes" viejos, aquellos dueños de la tradición siempre agresiva, siempre a la defensa contra el blanco, lo recibieron fríamente, algunos hasta se negaron a darle el tradicional saludo de bienvenida. El muchacho sufrió estoico los desprecios, contando como contaba no sólo con el cariño de su futura mujer, sino con la simpatía de la gente moza, simpatía que alcanzaba elevadas proporciones cuando se trataba de las jóvenes, de aquellas a las que no afectaban mucho ni el manchón que los ancianos advertían en la personalidad del danzante, ni el compromiso matrimonial de éste con la Emilia, pues ni aquello las lastimaba, ni esto las desdoraba...

Y una tarde, cuando Cenobio Tánori aguardaba, a media Calle Real de Bataconcica, la oportunidad de encontrarse con la Emilia, advirtió la presencia de Miguel Tojíncola, aquel viejo enorme, de cara negra, labrada con hachazuela, quien tambaleante

122

de embriaguez se acercó al danzarín para burlarse de él con carcajadas hirientes: "Aquí tienen, hombres y mujeres, al 'yoreme' que se hizo burro, que se hizo jumento para que le varearan las ancas y se le treparan en los lomos los 'yoris' "... Y otra risotada atronaba el ámbito, otra risotada injuriante, majadera, a la que coreaban cien más salidas de las bocas de los que habían acudido al llamado del viejo Tojíncola.

Cenobio Tánori, con los ojos bajos y un poco pálido contenía sus ímpetus, porque el respeto a los ancianos alcanza en los yaquis proporciones religiosas. Mas el ebrio, sin curarse de la humilde actitud, continuaba implacable:

"Tan muchacho y tan fuerte prestándose a los 'yoris' como una mujerzuela"...

Cenobio Tánori mordía sus labios y hacía no escuchar a los tercos. En torno de él había varios niños y algunas mujeres que apuntaban con sus dedos al cohibido, al mismo tiempo que festejaban con chacota las ocurrencias y las injurias que brotaban por la boca desdentada del vejete:

"El agua te sabrá amarga; la tortilla no te pasará del galillo, la tierra de tu parcela no dará más que choyas, porque el diablo se meará en todo lugar donde pongas tu mano..."

La situación rendida del muchacho excitaba más y más los ánimos de Tojíncola, quien disgustado por no provocar reacciones más categóricas en su víctima hizo brotar de sus labios, plegados por la rabia, el insulto mayor que pueda pronunciarse en lengua cahita:

"Torocoyori", dijo lentamente. "Torocoyori", repitió, esto es, traidor, vil, vendido al blanco... "Torocoyori"... "Torocoyori"... A la injuria repetida a gritos, acompañó un escupitajo que escurrió por la mejilla casi imberbe de Cenobio Tánori...

Claro que los postreros recursos empleados por Tojíncola fueron lo suficientemente categóricos como para mudar la paciente actitud. El muchacho contrajo su cuerpo, dio dos pasos hacia atrás para dar un salto de víbora en acoso... Nadie pudo contenerlo, porque a flote le salía el instinto que apresaron su voluntad y "su buena crianza", durante prolongados y angustiosos instantes...

El puñal prendió el pecho del anciano, quien rodó por tierra vomitando espuma bermeja.

Cenobio Tánori no trató de huir. Con el arma en su diestra aguardó que lo aprehendieran las autoridades indias; sumiso, silencioso, pero altivo e impertérrito, siguió a los dos alguaciles que se presentaron al lugar de los sucesos... En una esquina, Emilia Buitimea miraba a su novio con los ojos estrellados de lágrimas; él levantó su mano en un tímido ademán de despedida... y marchó en pos de sus aprehensores por la Calle Real, hasta llegar a la prisión. Al paso del grupo que seguía al "pascola" y a sus aprehensores, los viejos "yoremes" permanecían mudos, las mujeres hablaban en voz baja... y las mozuelas, las admiradoras del danzante, dejaban inflamarse su pecho al impulso de un suspiro.

Al cuartucho carcelero donde la justicia india había recluido a Cenobio Tánori, acudía la gente para demostrar su afecto al "pascola" en desgracia. Las más perseverantes concurrentes eran las mujeres jóvenes, las muchachas que, tímidas y un poco amedrentadas, se acercaban hasta la cárcel, llevando entre sus manecitas morenas y chaparras un manojo de flores montaraces, una fruta en sazón o un ma-

124

nojo de cigarrillos, que colocaban sobre los travesaños de la recia puerta de madera, cierre del tugurio tenebroso en el que el danzante aguardaba el día en que el pueblo le hiciese justicia... Cenobio Tánori, magnífico, altivo como un dios ofendido, recibía en silencio y lleno de gravedad aquel tributo de sus sacerdotisas.

Claro que no se hablaba de otra cosa en Bataconcica que de la muerte del viejo Tojíncola y del futuro de su matador. La ley india era concluyente: puesto que Cenobio Tánori había matado, debería sucumbir frente al pelotón de las "milicias"... Tal decía la tradición y tal debería ejecutarse, a menos que los deudos del difunto don Miguel Tojíncola le otorgaran su gracia al matador, cambiando la pena de muerte por otro castigo menos cruel... Pero no había muchas esperanzas de alcanzar para el reo la clemencia que muchos desearan.

La familia del muerto la formaban una viuda y nueve hijos, cuyas edades iban desde los dieciséis hasta los dos años. La viuda era una mujerona vecina a los cincuenta, enorme de cuerpo, huesuda de contornos, negra de color, con un perfil de águila vieja; sus ademanes bruscos y su actitud siempre punzante y valentona no daban ninguna ilusión con respecto a una posible actitud de indulgencia. Por el contrario, decíase que Marciala Morales, tozuda, enérgica y vengativa, había prometido ser implacable con el asesino de su marido Miguel Tojíncola.

Tan embarazoso porvenir para el "pascola" arrancaba crueles reflexiones a los viejos, comentarios amargos a las mujeres, y lágrimas, lágrimas vivas a todas las jóvenes, quienes a pesar del compromiso matrimonial de Cenobio Tánori con la Emilia Bui-

125

timea no consideraban perdido para siempre al hombre que en ellas había logrado despertar la dulce ansiedad; la ansiedad que, por ejemplo, despierta el alba en el buche del mirlo o en el ala de la mariposa...

Entre tanto, todo se alistaba para la instalación de los tribunales que deberían juzgar al homicida.

La justicia yaqui está circundada por una ronda de formulismos y de prejuicios infranqueables; el pueblo, asistido de las altas autoridades tribales, es el que dicta la última palabra tras de discutir, tras de perorar horas y horas en un dramático estira y afloja...

Pues bien, ya estamos en la plazuela de Bataconcica; una pequeña multitud se agolpa en espera del reo. En lugar destacado vemos a los "cobanahuacs" o gobernadores, graves en su inmóvil actitud, y a los severos "pueblos" que cargan sobre sus lomos toda la fuerza del poder civil de la tribu. Ahí están representados los ocho grupos que integran la nación yaqui: Bácum, Belem, Cócorit, Guíviris, Pótam, Ráhum, Tórim y Vícam... Cerca de este impresionante grupo de ancianos, está Marciala Morales la viuda, rodeada como clueca de sus nueve hijos; los mayores cargan en sus brazos a los pequeñuelos que gimen y escandalizan. De ella, de la viuda de Miguel Tojíncola, no se puede esperar nada favorable para la suerte del bailarín; así lo dicen su mueca feroz y su gesto desafiante, ante los que se inclina el clan familiar, con sumisión religiosa que la mujerona, la casi anciana, recibe en disposición repugnante, dura y mandona.

Al frente de la multitud vemos a un pelotón de jóvenes milicianos armados de máuseres que esperan, marciales y sañudos, que la sentencia se consume para cumplirla estricta, fatalmente.

En los rostros impenetrables de los indios ha caído un velo sombrío; particularmente esta señal de desazón se hace más notable en las jóvenes mujeres, en aquellas admiradoras de la apostura y de la gracia del "pascola" malaventurado... Emilia, la amada y prometida de Cenobio Tánori, está ausente debido al veto que a su presencia impone la ley; sin embargo, su padre, el viejo Benito Buitimea, rico y afamado, no esconde su emoción ante aquel dramático suceso del que es protagonista quien un día quiso ser su yerno.

El tétrico redoble del tamborcillo, instrumento obligado en todos los actos trascendentales del pueblo yaqui, acalló los rumores y las voces... Cenobio Tánori solo, sin guardas, con la cabeza levantada, dejando que el aire despeinara su espesa cabellera que alcanzaba acariciarle hasta los hombros, cruza por la valla que la gente ha abierto a su paso; lleva el atractivo atavío con el que tantas y tantas veces había arrancado el aplauso de los "yoremes", la intención pecaminosa de las hembras casadas, el suspiro ahogado de pudores de las solteras y la admiración de todo el pueblo: las espaldas y el pecho desnudos para dejar lucir plenamente su musculatura que resalta bajo la piel lustrosa de un leve sudor; pendientes del cuello collares de cascabeles de crótalos; entre las piernas, a horcajadas, una manta de lana fina sostenida por fuerte cinturón de vaqueta crudía, del que penden pezuñas y colas de venado, y en las pantorrillas los "ténavaris", que suenan al paso del danzante como campanillas cascadas...

El danzante marcha altivo, con paso firme y flexible, hasta llegar al centro de la plazuela para encararse con su juez, que lo será todo el pueblo...

Nadie ignora, incluso Cenobio Tánori, que muy a pesar de las circunstancias que mediaron en los hechos fatales, que no obstante, además, la admiración, la popularidad y la simpatía que el "pascola" mantiene entre su gente, ninguno podrá torcer los dictados legales, que nadie podrá conmutar la sentencia de muerte que se prepara, excepto Marciala Morales, la rencorosa y horrible viuda de Miguel Tojíncola y de quien nada podría esperarse dado su agresivo comportamiento...

En esta situación se escuchó la voz seca de vejez y vibrante de emociones del "Pueblo Mayor", a quien la ley obliga a acusar, a acusar siempre en defensa de los intereses, de la paz y de la concordia del grupo. Tras de expresar los hechos debidamente sustentados en declaraciones y testimonios, concluyó excitando a todos:

"Las leyes que nos dejaron nuestros padres como la más venerada herencia dicen que el 'yoreme' que mate a un 'yoreme' debe morir a manos de los 'yoremes'... Pero yo, Pueblo Mayor de Vícam, la Santa Tierra, pregunto a mi gente si está de acuerdo a que al hermano Cenobio Tánori se le mate como murió entre sus manos el hermano Miguel Tojíncola..."

Las últimas palabras flotaron en el aire breves instantes; después las siguió un rumor como de marejada y luego la voz distinta que se impuso grave y categórica:

"Sí, máuser...

"Ehui, máuser... ehui, máuser... máuser... máuser..."

El clamor se generalizó. Caía sobre la cabeza destocada de Cenobio Tánori como una tormenta.

128

El "Pueblo Mayor" había levantado su mano avejentada y seca como la raíz de un pitahayo, dispuesto a dejarla caer como afirmación determinante del juicio de su pueblo...

Pero entonces las mujeres jóvenes, venciendo sus pudores y sus timideces, imploraron con voz débil y temblorosa:

"Vélo, Marciala Morales, y entonces lo perdonarás... Tu misericordia la agradecerán todas las mujeres del mundo... Sálvalo de la muerte porque es noble y es valiente... Vélo, Marciala Morales, es bello como un pájaro de colores y gracioso como un bura joven."

La viuda miró con malos ojos al grupo de mozas que así imploraban. Con los dientes apretados, muda de furores y la mirada perdida en un desierto de odios, se volvió hacia Cenobio Tánori que permanecía erecto, orgulloso, magnífico en medio de la plazoleta...

Poco duró aquella mueca en el rostro de la vieja, porque su cara arrugada se ablandó por un inesperado impulso; sus ojos, ante insospechada emoción, cobraron un brillo humano, desconcertante; su boca perdió los repliegues del rencor y dio lugar a un gesto bobo, laxo, imbécil...

Los hombres, por su parte, se mantenían en su terrible determinación:

"Máuser... Ehui, máuser, máuser... ehui, máuser, máuser..."

El "Pueblo Mayor", ante la ensordecedora algarabía, no atinaba a bajar su mano como seña de que la sentencia se había consumado. Hubo un momento en que nadie hubiese podido distinguir siquiera una sílaba de aquel rugir de bestias, de aquel parlotear de pájaros, de aquel rumor de aguas desbordadas.

De pronto una voz chirriante y destemplada se metió en los oídos de la multitud. Era la de Marciala Morales, quien de pie y rodeada de su prole, pero sin retirar la vista que se había quedado fija en el danzarín, hacía ademanes tratando de silenciar a la multitud...

Todos los ojos se volvieron hacia ella; estaba magnífica de fealdad y de barbarie:

"No —gritó—, máuser no... Este hombre ha dejado sin padre a todos estos hijos míos. La ley de nuestros abuelos dice también que si el 'yoreme' muerto por otro 'yoreme' deja familia, el matador debe hacerse cargo de los deudos del muerto y casarse con la viuda... Yo pido al pueblo que Cenobio Tánori, el 'pascola', se case conmigo, que me proteja a mí y a los hijos del difunto... No, máuser no... Que Cenobio Tánori ocupe en mi 'tarima' el lugar que dejó el viejo Miguel Tojíncola... Eso pido y eso deben darme."

Siguieron instantes de un silencio profundo... y luego bocas alteradas, gritos, carcajadas, injurias, cuchufletas y todo volvió a tornarse en un guirigay endemoniado. Cenobio Tánori quiso hablar, mas la batahola le impidió que sus palabras fueran escuchadas.

El "Pueblo Mayor" dejó caer pesadamente su mano. Se había hecho justicia con estricto apego al código ancestral... Otra vez más los nobles yaquis mantenían fidelidad a sus tradiciones.

El fracasado pelotón desfiló a redoble de tambor; la gente empezó a dispersarse.

Marciala Morales, seguida de su larga prole, llegóse hasta Cenobio Tánori y lo tomó por el brazo:

"Anda, buen mozo —le dijo—, tú dormirás desde hoy junto a mí, para que descanses de lo mucho

130

que tendrás que trabajar en mantener a esta manada de 'buquis' que recibes como herencia del viejo Tojíncola que Dios tenga en su gloria por los siglos de los siglos..."

Fue entonces cuando el afamado "pascola" perdió sus bríos: con la cabeza gacha, arrastrando sus pies, ridículo como un títere, siguió a su horrible verdugo, quien sonreía triunfadora al paso de las mozuelas que se negaban a mirar de lleno el ocaso de un astro, la muerte de un ídolo resquebrajado entre las manos musculosas y negras de Marciala Morales...

El cielo, rabiosamente azul, cubría la escena del melodrama y el sol calcinaba el terronerío de la plazuela.

ÍNDICE

El diosero, de Francisco Rojas González,
se terminó de imprimir y encuadernar en mayo de 2013
en Impresora y Encuadernadora Progreso, S. A. de C. V. (IEPSA),
calzada San Lorenzo, 244; 09830 México, D. F.
El tiraje fue de 26 000 ejemplares.